赵树理

小说选

Zhao Zhu Li

田寡妇看瓜
(1947—1950)

赵树理 著

中国言实出版社

图书在版编目（CIP）数据

田寡妇看瓜 / 赵树理著 . -- 北京：中国言实出版社，
2021.10

（赵树理小说选）

ISBN 978-7-5171-2480-1

Ⅰ.①田… Ⅱ.①赵… Ⅲ.①中篇小说—小说集—
中国—当代②短篇小说—小说集—中国—当代 Ⅳ.
①I247.7

中国版本图书馆 CIP 数据核字（2021）第 035669 号

出 版 人	王昕朋
责任编辑	宫媛媛
责任校对	张国旗

出版发行 中国言实出版社

　　　　地　　址：北京市朝阳区北苑路 180 号加利大厦 5 号楼 105 室
　　　　邮　　编：100101
　　　　编辑部：北京市海淀区花园路 6 号院 B 座 6 层
　　　　邮　　编：100088
　　　　电　　话：64924853（总编室）　64924716（发行部）
　　　　网　　址：www.zgyscbs.cn
　　　　E-mail：zgyscbs@263.net

经　　销	新华书店
印　　刷	徐州绪权印刷有限公司
版　　次	2021 年 10 月第 1 版　2021 年 10 月第 1 次印刷
规　　格	787 毫米 ×1092 毫米　1/32　6.75 印张
字　　数	123 千字
定　　价	45.80 元　ISBN 978-7-5171-2480-1

目录

1947年

刘二和与王继圣 [1]

一、学校与山坡

一九三四年秋天，有一天后晌，黄沙沟的放牛孩子们——二和、满囤、小囤、小胖、小管、铁则、鱼则——七个人赶了大小二十四头牛到后沟的三角坪去放。

这三角坪离村差不多有二里路，是一块两顷来大的荒草坪。因为离村远，土头也不厚，多年也没有人种它，

---

[1] 本篇最初发表于《新大众》杂志（1947年太行华北新华书店编辑），是编辑部特约写的。根据当时编者说明，作者计划写三部分，每一部分写三章。但《新大众》发表完第一部分的一、二、三章以后，并没有继续发表第二部分。全国解放后，《人民文学》重新发表这篇作品；后来出的《选集》也收录了这一篇，只是把原来的小标题去掉了。这次，在赵树理同志家属保存的遗稿中，发现第二部分的两章手稿，即第四章和第五章，正好同前面三章衔接起来。第六章以后，是原稿遗失了，还是没有继续写下去，无法判断。"×"是原有的。

田寡妇看瓜

时隔远年了，村长王光祖就说是他家的祖业，别人也没有谁敢说不是。就算是他的吧他也不开，荒草坪仍是荒草坪。放牛孩子们都喜欢到这里来放牛——虽说远一点儿，可是只要把牛赶上坪去，永不怕吃了谁的庄稼。这几年也有点不同；逃荒的老刘① 问过了王光祖，在这坪上开了几亩地，因此谁再到坪上来放牛，就应该小心点。话虽是这么说，小心还得老刘自己加，因为他是外来户，谁家老牛吃了他的庄稼也不赔他。

平常来这里放牛的孩子们本来要比这天多，因为这一天村子里给关老爷唱戏，给自己放牛的孩子们都跟他们的爹娘商量好了，要在家里等着看戏，只有他们七个人是给别人放，东家不放话，白天的戏他们是看不上的。他们每次把牛赶到坪上，先要商量玩什么。往常玩的样数很多——掏野雀、放垒石、摘酸枣、捏泥人、抓子、跳鞋、成方……这一天，商量了一下，小囤提出个新玩意儿。他说："咱们唱戏吧？兔子们都在家里等看戏啦。咱们看不上，咱们也会自己唱！"

"对！可以！"大家七嘴八舌都答应着。

小管问："咱们唱什么戏？"

小胖说："咱们唱打仗戏！"

---

① 老刘，指刘二和的爹。

　　大家都赞成了，就唱打仗戏。他们各人都去找自己的打扮和家伙①，大家都找了些有蔓的草，这些草上面有的长着黄花花，有的长着红蛋蛋，盘起来戴在头上，连起来披在身上当盔甲；又在坡上削了些野桃条，在老刘地里也削了些被牛吃了穗的高粱秆当枪刀。二和管分拨人：自己算罗成，叫小囤算张飞，小胖、小管算罗成的兵，铁则、鱼则算张飞的兵。

　　满囤说："我算谁?"

　　二和看了一下，两方面都给他补不上名，便向他说："你打家伙吧！"

　　戏开了，满囤用两根放牛棍在地上乱打，嘴念着"咚锵咚锵……"六个人在一腿深的青草上打开了。他们起先还画了个方圈子算戏台，后来乱打起来，就占了二三亩大一块，把脚底下的草踏得横三竖四满地乱倒。

　　满囤在开戏时候还给他们打家伙，赶到他们乱打起来就只顾看，顾不上打，后来小胖打了鱼则一桃条，回头就跑，鱼则挺着一根高粱秆随后追赶，张飞和罗成两个主将也叫不住，他们一直跑往坪后的林里去了。满囤见他们越唱越不像戏，连看也不看他们了，背过脸来朝着坪下面，看沟里的水。

---

① 家伙，就是乐器。

田寡妇看瓜

　　一会儿，沟里的转弯处又进来四个孩子。满囤先看见了，便叫道："那是谁呀？"又回头向二和他们道："不用唱了！你们看沟里又来了些谁？"二和、小囤、小管、铁则也都停了打，跑到坪边站成一排看沟里来的人。小胖和鱼则，远远听说有人来了，也都跑回来挤到排里。

　　下边来的人喊："二和！小囤！你们头上戴的是什么？你们玩什么？"

　　二和也喊："我们唱戏。那是谁？是喜宝？是满土？后面那两个是谁？"

　　喜宝和满土都说："那是宿根和小记！"

　　小胖又问："你们不上学了吗？为什么来放牛坡玩？"

　　满土说："庙里一唱戏就没地方念书了，先生说就放了秋学吧！"

　　提起唱戏，他们七个人又齐声问："戏来了没有？"

　　满土说："没有啦！听说天黑了才能来！"

　　小囤悄悄说："该！叫狗 × 们看吧！"

　　喜宝、满土、宿根、小记四个人正跑到坡根还没有上坡，又听着沟前边哗啦哗啦银铃响，一个穿着红花夹袄带着联锁绳①的孩子随后赶来。这孩子，论岁数和前边来的那四个差不多，都是十一二岁。他一转过弯来便喊道："叫

_____

① 联锁绳，即系着银锁戴在脖子上的银链。

你们等等你们听见没有？ × 你妈的！不等老子，再上了学叫先生打不死你狗 × 们？"前边走的那四个也奇怪，果然不敢不等他，都在坡下停着步。

上边，小管指给大家说："看那是个谁？"

小囤说："还不是继圣？"

小管说："到底是村长的孩子！看人家多么阔气！"

二和悄悄说："害人精！可真是他爹的种！"

小管摆摆手说："人家听见了你又该吃打啦！给人家做活还敢惹人家？"

二和说："他不是驴耳朵①！"说着他们这五个人也上了坪。前边的四个上来了，继圣仍然落在后面。前面的四个，一见这毛茸茸的大平坪，都喜得又叫又跳，打滚的打滚，翻筋斗的翻筋斗，只有这继圣一个，气喘吁吁赶上了大家，就坐在草地上喘气。

喜宝翻了个筋斗起来向继圣说："继圣哥你会？"

继圣说："× 你娘，那还算个本事啦。"说着也翻了一个。

小记指着继圣说："看你把联锁绳上的铃铃压扁了！"

继圣提起项上联锁绳一看："呀！坏了！"说着捏了一捏，仍是扁的，就向那四个人骂道："× 你娘！我回去

---

① 俗话都说驴耳朵长，听得远。

告先生说，就说喜宝、满土、宿根、小记，把我引到放牛坡，把我的铃铃打扁了！"

四个人也不打滚了，也不翻筋斗了，谁也不敢分辩，谁也不敢回话，只有七个放牛的不受先生管，看见继圣当面扯谎，就挤眉弄眼笑个不止。继圣见他们笑自己，正没法抵挡，忽然看见里面也有二和，就骂道："×你娘二和！你笑什么？我回去告老领^①说，就说二和不好好放牛，戴着满头花花光说玩啦！"别的放牛孩子们看见他这样，都哈哈大笑起来。

五个学生和七个放牛孩合了伙，重新讨论玩法。小胖提出"到沟里耍水去"，大家差不多都赞成，只有二和不愿参加。二和说："把牛放在坪上大家都去沟里玩，俺怕牛跑到俺地里去。"可是一个人拗不过大家，大家都说："那你就在坪上吧！俺们都到沟里玩玩！"说着就都走了，把二和一个人留在坪上。

二和不是不愿玩，只是不能随便离开坪上。他一家四口人（他爹、他娘、他哥哥和他）只种了这一块块荒地，离村又远，土头又薄，除了给村长缴租、贴粮、贴社，余下的粮食本来就不够吃，哪还经得起糟蹋？就是天天加着小心，放牲口的多了，也年年是地边一耙宽^②没有穗。有

---

① 老领，就是领工伙计。
② 一耙宽，五市尺左右。

一年，老刘两天没到地里去，不知道谁的牛就给吃了半块谷，到了秋天，粮钱社钱租子都还是照样出，只是苦了自己。那时候，二和就给村长王光祖放牛，老刘就跟他说："迟早到放牛坡，都要留心看一看，不要叫谁的牲口到咱地里糟蹋。"二和这孩子很精干，自从听了他爹的话，每天赶上牛总在这三角坪左右放。在忙时候，有他爹他哥哥在地里做活，他还可以玩玩，这几天已是秋收时候，三角坪地势高，庄稼成得晚，收割不得，他爹跟他哥哥趁空子在村里打忙工，好几天没有到这块地里来，因此他更不敢离开这里让几十头牛随便乱跑。别的放牛孩子们，觉着有二和给他们看牛，玩得更放心些，因此也不再拉他，就把他一个人丢在坪上，自己都往沟里玩水去了。

他们下了坪，走到水边，多数人主张玩"水汪冲旱汪"。学生们中间，只有喜宝会玩这个，其余四个不知道，便问"啥叫个水汪冲旱汪"，小囤给他们解释道："把人分成二伙，一伙在上水①堵个汪，满满堵一汪水，叫水汪。另一伙在下水堵个没水的汪，叫旱汪。上水的水汪堵成了猛一放，要是把下水的旱汪一下冲破，就算旱汪堵得不好，堵旱汪的就算输了；要是一下冲不破，那就是水汪堵得太小，堵水汪的就算输了。这就叫水汪冲旱汪。"他

①上水，就是上流。

这么一解释，继圣、满土、宿根、小记觉得这种玩法很新鲜，也都同意了。

继圣说："我们学生们算一伙，你们放牛的算一伙！"

喜宝说："不行不行！他们六个咱们五个，那怎么能不输？"

小囤说："再给你们一个人！你们六个我们五个行不行？不是跟你吹啦！再给你们两个人你们也赢不了！"

继圣说："不不不！我不跟你们这些放牛孩子算一伙！"

小囤狠狠翻了继圣一眼道："放牛孩子×过你娘？不跟老子们合伙，谁去你家叫你来？"

继圣跳到小囤身边，挺起胸对小囤骂道："×你娘小囤！你怎么敢骂老子？"撑开手学着他爹打人的架子，劈头向小囤打去："×你娘！"

继圣这一回可是找错了对象：他自从跟他爹学会打耳光，说打谁就要打谁——从三岁上他爹抱着他，就常笑着叫他娘道："过来，过来叫孩打你一耳光！"——可是不论打谁，谁也没有敢回过手，直长到十一岁还是这样。像满土、喜宝、宿根、小记他们在学校里，虽说那个半吊子先生好打人，挨先生打还没有挨继圣的多。继圣在学校衣裳穿得好，手脸也洗得白，小嘴又会说，先生跟他爹又是好几辈以前的老姨亲（听说先生的曾祖奶奶是村长他奶奶的姑姑），因此继圣说一句，先生就听一句——比方他告先生说满土踢了他一脚，满土就得挨十板；说喜宝骂了先生一句，喜宝就得挨十五板。再往下像宿根、小记那些比他小一两岁的，更不在话下，说叫谁早上挨，谁就等不到晌午。先生是本村人，在家伺候老婆的时候多，到学校的时候少。先生不在学校的时候，就该继圣为王，谁敢不顺他，小巴掌就打到谁脸上去。他这小巴掌打到脸上虽说也很痛，可总比先生那块干巴巴的木头板打在手心上轻得多，同学们想少挨木头板，就得忍点气挨他的小巴掌。他从前在家打顺了手，后来在学校又打顺了手，就以为到处都可以一样打，不想这一下打到放牛孩子小囤头上，没有那么顺当——小囤不像喜宝他们那样怕他，没等他打到脸上，就扭住胳膊把他按倒，随口又骂他道："× 你娘！不服气再起来试试！"

继圣从出世以来就没有碰过这一手，哪里肯服？他爬起来就向小囤身上扑，又被小囤推得跌出三步以外。这一下他已经知道自己不是小囤的对手，就不敢再起来向小囤进攻。只躺在地上大哭大骂："× 你娘，老子不跟你们玩了！× 你娘小囤！老子回去告你掌柜说。打不死你舅子！咦咦咦……"

小囤不只不挨他的打，连骂也不让他一句："老子尿你？不玩不玩吧，离了你这王八鼓也要响啦，离了你这马

田寡妇看瓜

尿河也要涨啦！"又向别的孩子们说："他不玩咱们玩！"

继圣这躺到地上大哭大骂，也是一种厉害——在家里他娘怕这个，在学校先生怕这个，每逢他这样一闹，总得劝半天。这一次这种厉害也使不上了——起先不只没人劝，还有小囤还口相骂；停了一会儿，不只没人来劝，连骂也没人骂了，只好越哭越松，最后连他自己也觉得哭着没味了，才停住了哭，一个人孤零零地爬起来。

他爬起来向沟心一看，人家大家都已经玩起来了：喜宝、满土、宿根、小记、铁则、鱼则六个人在上水堵水汪，小囤、满囤、小胖、小管四个人在下水堵旱汪。他虽不愿跟人家放牛的算一伙，可也想去看看人家怎样玩。小囤在下水，他不往下水去，就慢慢凑到上水来。这沟心①不过有两丈宽，水在中间只占尺把宽一条条地方，其余的是平平的黄沙夹着稀稀几块乱石块，两边是二三尺高的沙石岸，岸上有薄薄一层土，长着毛茸茸的细草。他走到喜宝他们堵汪的地方，并不下岸，就在岸上看他们堵。

喜宝们一心要和小囤们赌胜，生怕六个人输给人家四个人，因此忙得连气也喘不过来，并没有看见岸上的继圣。这六个人，每两个管一样事：宿根、小记搬石头，铁则、鱼则垒堰，喜宝、满土捞沙涂堰。他们正忙乱着，忽

---

① 沟心，就是河床。

听得继圣在岸上喊："中间为什么还要留口？"大家向他看了一眼，却没人答话——铁则、鱼则只顾一股劲儿垒，四个学生就有三个不懂，只有个喜宝懂得，又被铁则、鱼则催着只顾捞沙顾不上答他。他又问了一遍，喜宝才简单答了他一句："等做成了才堵口。"他又问："为什么？"喜宝又说："里边水深了不好垒。"当喜宝说这两句话的时候，自己虽没有停工，满土、宿根、小记三个人却站住看他，铁则就催他们道："快，快！不敢说闲话！"继圣便骂道："用你管啦？ × 你娘草灰羔子①！"铁则和鱼则看了他一眼，也没有说什么。他两个是从河南逃荒来的，跟二和一样，他们的爹娘惹不起本地的大人，他们也惹不起本地的小孩，只得吃一点儿亏。

继圣骂过铁则，铁则没有敢还口，算是完全胜利了。这次胜利，好像补了补刚才跟小囤那次失败，又长了点精神。不过他觉着这还不够！他刚才哭的时间太长了点，眼也哭痴了，嘴也哭麻了，直到最后也没有一个人来慰问，也没有一个人重来请他入伙，仍是自己孤零零爬起来，无精打采凑过来，慢慢搭讪着跟人家说话：这是多么丢脸的事！刚才骂铁则，本来就是想换一换神气，可是一骂出来，嗓子不只不亮，末尾还带一点儿哭声，他觉着这

---

① 草灰羔子，骂人话，指逃荒来的外省人生的孩子。

神气仍没有换过来，还得再找个空子换一换。他想刚才既然说到汪中间留的那个口，最好还是依着那个口说，主意一定，就先咳嗽了一下打扫扫喉咙，然后用手指着道："我看有口不好！先把口堵住！"这么一说，他觉着很成功——声音又圆又亮，口气又像个命令，他总算把刚才那哭丧神气换过来了。

铁则、鱼则不知道他这种心事，只顾垒；四个学生按习惯不敢不理他，都停了工向他看。喜宝仍给他解释："你不知道！堵住可难垒啦！"

"只有你知道得多！叫你堵住你堵住好了！多嘴！"继圣的声音更大了。喜宝明知堵住不好做，又不便不听他，正在踌躇，恰巧宿根又搬过石头来，继圣就命令宿根："堵到口中！"

宿根托着石头看看喜宝他们，他们都不说话，又看看继圣，继圣又说了一遍"堵到口上"，也只得堵到口上。

继圣又向喜宝、满土两个说："怎么不堵上沙？堵！"

喜宝和满土没有说话，捞起沙来往口上填了几把。

事情就这样弄糟了：口一堵上，汪里的水慢慢聚起来。宿根、小记两个虽然照样搬石头，铁则、鱼则两个却无心再垒，喜宝也无心再捞沙，都只站着看汪里的水往上涨。满土看见水快满了，赶紧捞起沙来往堰上堆，可是他一动手脚，搅起水波来把地上的沙又洗回去，才捞了一两把，就把一条堰洗成了光石头堰，水从石头缝里漏出来，不大一会儿，缝又变成窟窿，窟窿越冲越多，越冲越大，最后把石头堰也冲塌了。

在这时候，继圣指手画脚大声嚷着这个骂着那个——"快堵快堵""那边那边""× 你娘小记怎么不下水""× 你娘都是些吃材 ①"……嚷着嚷着，直嚷到堰塌了，他才赶着大水头往下水跑，嘴里又喊道："河涨下来了！河涨下来了！"

下水的四个人比他们上水的六个人本领大，垒起来的堰又粗又高。当他们垒到半路，忽然发现水不下去了，不知道是继圣捣乱，还只当是上边的水汪垒成了，就堵起口来，赶快把堰加高，等到水下去了，还不够半汪，小囤喊道："你们来看看！你们六个人才堵了这一点儿点水！"

这时继圣也已经走到旱汪边的岸上。他看见小囤他们四个人还没有离开汪边，就想顺便报一报仇，双手抱起一颗石头向汪里一扔，扑通一声打得一片水花，满满溅了那四个人一身，还溅到他自己脸上两滴。他扭回头就往上水跑。

"× 你娘作死脸！"四个人一齐跳起来赶他。小胖力量最大，赶上他拦腰把他抱住。四个人拖的拖推的推把他

----

① "吃材"，就是"蠢材"。

仍然抓到汪边来。他虽使劲挣扎，也没有用处，小胖仍是死抱着他的腰，小管抢起放牛棍"噗——噗——"把汪里的水往他身上打，把他的小白脸和红花夹袄都涂成一色，活像破庙里被雨淋过的泥胎像。起先他还骂，后来一张开嘴，泥水就溅进嘴里去，这才不骂了。

上水的六个人，正因为汪塌了在那里生气，忽听着下水吵起架来，就一齐跑来看热闹。他们一见是把继圣制住了，心里都很高兴。铁则对住小囤的耳朵说了句话，小囤便喊道："不要放了他，给他做一个老牛看瓜！"

继圣虽没有见过什么叫"老牛看瓜"，总知道不是好事，不过既然被大家制住了，就只得由大家摆布。他一点儿也不由自主地被大家又抬到岸上，解裤带的解裤带，捆手的捆手——用他自己的裤带把他自己的两手捆到一处，叫他两条胳膊抱住两个膝盖，又从膝腕下边胳膊上边穿了一根核桃粗三四尺长的木棍，然后把他一推叫他睡倒。这样捆起来的人，除了脊梁骨，头脚都不能着地，因为胳膊和腿连在一起，棍子又长，坐也坐不起来，横也横不过来，只有仰面睡着，好像朝天一张弓：这就叫"老牛看瓜"。继圣被捆成老牛看瓜，起初仍是不服，总还以为这放牛孩子们生的办法，只能制放牛孩子，一定制不住自己这样聪明的人。他用尽气力，像陀螺一样在地上乱滚，直到滚得没有劲了，还仍和原来的睡法一样。自己破不了，

就不得不找别人，他又下了命令："宿根！解开！"宿根
还没有赶上答应，他就又骂道："×你娘你给老子解不
解？"宿根惹不起他只得去给他解。可是宿根才去动手，
小囡指着他道："谁敢去给他解就再给谁捆一个！"宿根
本来就想叫他多睡一会儿，见小囡不叫解也就算了。

也有人跟小囡说："给他解开吧，省得他回去到咱们
家里找麻烦！"小囡说："你就这会儿给他放开，谁能保
他回去不找麻烦？刨一镢头也是动了一回土，仍是惹他一
回，就叫他睡到天黑吧！"

学生们里边，都怕这事连累着自己。满土说："俺不
玩了，俺要回去啦！"喜宝也说："俺也要回去啦！"宿根、
小记也都说要回去啦，四个人相跟着溜走了。

小囡向其余五个放牛孩子说："叫他睡着吧！咱们
也都去看看咱们的牲口！"五个人都同意，也相跟着上
了坪。

这两伙人一走，沟里只丢下一个继圣。这会儿他也不
哭了，也不骂了，也不再妄想自己能弄开了，也不再命令
别人给他解开了。他只能照老样躺着，脊梁骨困了就转动
转动，然而仍只能转成原来的老样；每转动一次，听着自
己联锁绳上的银铃哗啦哗啦响几声，却也没法看看压扁了
几颗。他想来想去又想起个二和来，他又觉着有救了，可
是叫了几声没有听着答应，山沟里的回声应回来，还跟他

叫的一样。

　　这坪太大了，边上可以听得沟里说话，后面便不行。二和家开的那块地在很后面，二和在那附近看着牛吃草。小囤他们后来上去的这六个人，见二和看着牛，也就不再往二和那边走，溜到林边吃酸枣去了，因此二和就不知道继圣在下边"看瓜"，又听不到他喊叫。直到山沟里看不见太阳，他们把牛赶到坪边来，继圣听得牛铃响，又喊叫二和，二和才听见。二和问过了小囤他们，知道他的少东家在下边"看瓜"，才跑下来照顾他。

　　二和是他骂熟了的，见了面自然非骂不行。"×你娘二和！你的耳朵聋实了？"

　　事情偏有点不凑巧：二和走得离他只有两三步了，忽然听得小管在上边喊道："二和！看你的老红犍去哪里了？"二和扭回头一看，看见老红犍从坪的半坡上又返回一层窄崖上，用舌头探吃一根长在半崖上的黄萝条，很危险。他也顾不上去解继圣的绑，喊了一声"唔嗷……"扭头就向坪坡上跑，继圣骂着"×你的娘先给老子解开"，他连答应也没有顾上答应。这层崖太窄，牛大了不容易翻回头来，一不小心就能把牛跌死。他们七个人都来招呼这只牛——他们都很着急，可是又怕把牛惊了，不敢一齐上手，只好在远处帮忙，有的在坡上叫，有的爬到半崖上截，结果总还算没有出了事，平平安安赶了下来。这时候，二和才又听见继圣在下边骂（原来就一直骂着，只是二和没有顾上听），这才跑下去给他解开。

可是这时候天已快黑了，继圣一个人不敢回家去，还只好跟放牛孩子们算一伙，跟着大家往回走。

二、说什么理

从半后晌①小囤他们才给继圣做老牛看瓜时候，喜宝、满土、宿根、小记四个学生，因为怕连累他们自己，不是就离开后沟了吗？当他们走前沟，看见南面岭上下来许多骑驴媳妇。这些女人们有的是本村娘家，有的在本村有亲戚，有的是自己找来的，有的是村里人接来的，都来村里看戏。这些人，喜宝他们差不多都认得。他们四个一边走一边看，远远指着说那个是谁的姑姑，那个是谁的姐姐。不过这些人们，男的都戴着大草帽，女的也只穿些红裤子蓝布衫，都是些平常打扮。一会儿岭上又转过一个人来，穿着件白大衫，戴着一顶小白草帽，打着一柄洋布伞；跟着一个十二三岁的孩子，穿着一身毛蓝布学生制服；后边又有个媳妇，骑着马，穿的衣服，上身是鱼白的，下身是黑的，一只手拿个团扇，一只手也拿着一柄洋

---

① 半后晌，指下午五六点钟。

布伞，不过这时候的太阳已经斜了，伞只遮着她一颗头，身上的衣服，仍被太阳照得一晃一晃打闪，一看就知道是不平常的绸缎；马后跟着个人，却是个戴草帽的普通人。喜宝指着这几个人向宿根、小记、满土三人说："你们猜那是谁吧！"大家想也想不起来。一会儿，他们又走近了些，小记认出来了，便抢着说：

"我认得了：那穿大衫的是继圣他姨夫！"

宿根也抢着说："对了！就是西坡马先生——继圣他姨夫！那个骑马的是他姨姨！那个小孩叫天命，是他姨姨的孩子！"

满土说："谁认不得天命？今年正月咱村闹红火，他不是在继圣家住了好几天吗？"

喜宝说："听说人家上高小念书了！"

满土说："人家爹是校长啦！人家该不上啦？"

喜宝说："他那狗 × 校长还不跟咱的先生一样？听说人家一年只去学校走一两趟。"

小记问："他那学生们就不用教？"

宿根说："人家的学生们都大了还用教？咱的先生前几年不就是人家的学生吗？"

喜宝说："宿根也是假在行！学生大了就不用教了吗？你没听咱先生说，人家的学校有五个先生，校长是个先生头，在不在学校都不要紧。"

　　小记问："先生头是管先生的不是？"

　　喜宝说："问个啥问到底！咱没有上过人家学校，怎么会知道这些事？"

　　满土说："咱们不说那些吧！"又指着那匹马后边那个人道："你们猜那个赶马的是谁？"

　　喜宝说："谁？还不是老驴？"

　　大家都说："对！就是老驴！"说着他们就走近了，小记故意把头一歪喊道："老驴！"那个赶马的举起鞭杆向他们喝着："捶你们呀！这些孩子们实在掉蛋！"

　　这人也不姓驴（自然也没有姓驴的），也不名驴，老驴不过是个外号。他姓李，名叫安生，有五十上下年纪。他原来也是个逃荒的，没有家口，只他一个人，当初来到黄沙沟也不过才二十来岁。那时候，继圣他爹还只有这时候的继圣大，继圣的爷爷就把他留在家里当长工。老东家高兴时候常说："安生，只要你好好干，回头给你娶个媳妇！"安生也没追究过他说这"回头"是什么时候才回。后来到底没见回头，老东家也就死了，所以安生到底还是没有老婆。安生在他家做了三十年长工。前十几年，一年还结算一回账，剩下的工钱都给他存在账上；后来熬成领工的了，家里人连继圣他爹王光祖在内，都再不叫他的名字，叫他时候，称呼他"老领"。这个称号，他觉着很光荣。觉着这是自己的功劳换来的，因此对东家越亲近

田寡妇看瓜

了——别人使用东家的牲口，他要看一看使得轻重；别人借用东家的家具，他也要看看坏了没有；工钱账也不结算了，一年一顶草帽一条手巾也改成二三年才换一次了。他手下的长工们，邻居们，受了他的气都恨他，看见他的破手巾烂草帽又都可怜他，有个长工说他生活像个老驴，大家都觉着像，就背地慢慢叫开这个外号，不过当面却都还称呼他"老领"。

他自从知道了自己的外号叫"老驴"，十分丧气，可是爱和他闹着玩的人偏好叫他，淘气的孩子们见了他也偏好远远喊他"老驴"，等他发了脾气赶来就又跑了。这一次也跟往常一样，小记他们四个人见他赶来，三脚两步就跑过他前面去了，跑到十几步以外，又回过头来大喊了三声"老驴"，算是完全胜利，都笑着跑回去了。

他们还没有跑到村边，就听庙里的锣鼓响，都说"戏来了戏来了"，大家越跑越快，谁也不回家，一直跑到庙里去。

他们到庙里一看，还不十分热闹——台上除了打锣鼓的只有两三个人出场，穿的衣裳也不好，呜哩呜喇也不知道说了些什么；台下看戏的没有一个大人，也没有一个女人，只是一伙孩子们打打闹闹，比台上说得还响；拜亭上虽然烧着香，可是还没有摆设停当，二和他爹、铁则他爹、鱼则他爹，还有几个穷人们，抬桌子的抬桌子、挂灯的挂灯，都在那里打杂。他们四个上下看了一会儿，见没有什么看头，就和别的孩子们说起继圣"看瓜"的事来。这些孩子们不是跟他们在一起念书的，就是跟二和、小囤他们在一起放牛的，一听说继圣"看了瓜"，没有一个不痛快，连戏也看不下去，想先去打听一下这事的结果，就跟喜宝他们一同跑出来了。

一大伙孩子们跑到村南头的打谷场子上向沟里看，除了骑驴媳妇看不见别的人，放牛的一个也没有往回走，继圣也没有影踪。

这一块场子就是继圣家的场子，场东边就紧靠着他家后院的院墙。场上已经有打过了的黍秆，还放着一垛子新割起来的谷子。孩子们打听不着继圣"看瓜"的结果，就在场上玩起来。大家问继圣"看瓜"的情形，喜宝就睡在黍秆堆上，两手抱住膝盖学继圣打滚的样子，惹得大家哈哈大笑，都觉着比看戏还有趣。正笑得起劲，忽听东墙根有人喊道："捶你们呀！把黍秆踩得实塌塌的！"看也不用看，一听就知道是老驴的腔调。孩子们跟一群麻雀被人惊了一样，轰隆一下跑了个干净。

不过他们还不想算拉倒，跑了一段，又都站住，回过头来看老驴的动静，只见老驴拿起权子来收拾他们刚才打过滚的黍秆。

这时候，天命拉着继圣他娘的手，也到场边来。继

田寡妇看瓜

圣他娘向老驴问道："老领！你见继圣来没有？天命急着要找他玩啦！"老驴说："没有见。"孩子们沉不住气，有一个远远向场里喊道："继圣在后沟看瓜！"继圣他娘远远向他们一看，又问他们道："在哪里呀？"有几个抢着答应："在后沟""三角坪底""老牛看瓜""干着急起不来""……"。

继圣他娘听不懂什么是老牛看瓜，老驴却听懂了。老驴吃了一惊，停住了手里的权也喊着问："怎么呀？谁给他做老牛看瓜？"又向他们点手道："来！来给我细细说一说！"可是他这一命令在小孩们面前行不通——小孩们经他一叫就都吓跑了。继圣他娘见他这样惊慌，便也急着问："怎么呀！什么看瓜呀？"老驴道："小杂种们刻薄他啦！把他捆起来了！"

继圣他娘一听这话，大声叫起来了："这是哪些小'烧灰'①们干的？老领！快去看看吧！小爹呀！谁叫你跑到后沟去啦呀？……"老驴答应着，丢下权子去了。

王光祖跟马先生也摆着方步出来溜达，见继圣他娘大呼大叫，也来问询，经她叽叽喳喳说明了以后，王光祖骂道："下流东西！谁叫他到放牛坡去玩？回来给我好好捶他一顿！"他看看天命，又看看马先生，觉着自己的孩

---

① "烧灰"，骂人话。原字为"骚货"，老百姓的口音转成"烧灰"。

子到放牛坡去玩是一件很大的丢脸事，暗暗怪他老婆不该对着客人把这事说出来，便翻了她一眼道："回去吧！这也值得大惊小怪？"他老婆没有说什么，却也没有回去，仍然看老驴往沟里走。

马先生怕他们两个再往下吵，便插嘴道："小孩们离开了学校就不好管！天命放了假到家还不是一样的！我早就说继圣可以上高小去了，你也没有当成个事。"

王光祖用嘴指着他老婆向马先生道："他娘不让么！"

继圣他娘道："他姨夫！不是我不叫去！他没有出过门，自己照料不了自己……"

马先生道："可以！这孩子很有出息！叫他跟上我，你还不放心吗？"

继圣他娘道："怎么不放心！跟上你还不跟在我家一样？我也是怕累着你！你也不常到学校去……"

王光祖怕马先生多心，赶快截断她的话道："那怕啥！他是校长。只要他说句话，谁敢不招呼？"又向马先生道："我看村里的学校也学不了个什么。今年招生时候可惜误了，就叫他明年夏天去吧！"

马先生道："不过这会儿去也行！今年的新生还没有备案，名额也不足，还报得上去！"

王光祖又问："也不用考吗？"

马先生说："那不过是个样子！"

田寡妇看瓜

　　他们两个说说话话在场上遛着，继圣他娘和天命向沟里望着，等候着老驴去找继圣的消息。

　　老驴一进沟，太阳就落了，远远听得牛铃子叮咚叮咚响，喊叫了几声，果然听得继圣答应。

　　继圣一听着老驴叫他，可算遇着了救命恩人，一面答应着，一股劲儿赶过牛群前面。他早就不想跟放牛的在一起了，只是一个个不敢走路，不得不借放牛孩子的光，这会儿有老驴来保他的驾，自然给他长了精神。可是他这一高兴，却没有想想见了老驴说不说"看瓜"的事，因此老驴远远问了他一句，问得他低下头来。老驴问："看你那一身脏成个啥样子了？"他低头向胸前一看，小嘴一嘟噜，脚步也慢了许多。这时候他才计划怎样来对答老驴。他想"看瓜"这事千万说不得，叫别人知道了以后没法见面。可是他又想到这事瞒也瞒不住：七个放牛的知道，四个学生知道，他们怎能不跟人说？有这些破绽，就得想法糊补。他想喜宝他们四个有法对付，一吓唬他们就不敢向人说了；小囤他们六个人没法对付，因为他们不怕先生打，不过他们是放牛的，说他们也只能跟放牛的说，随他们说去也没有大关系；只有二和不好对付，得马上想法子。他想二和虽然也是个放牛的，可是在自己家住着，晚上跟自己家里的长工们在一块睡觉，怎么能叫他不说今天"看瓜"这事？……他正这么胡思乱想，老驴催他道："快走吧！你天命哥哥来了，在家等你啦！"一说天命来了，他又高兴了一点儿，放快了脚步走到老驴跟前，老驴便返回头来领着他往家里走。不过他对二和仍放心不下。他想"看瓜"这事本来就不可叫家里知道了，现在家里又住了个天命，更走不得风，一定不能叫二和胡说。他摸得着二和的脾气是好说话——吃着饭也说，做着活也说，只有受了老驴的气才能不说。有一回，老驴打了二和一顿，二和三天就没有说话。他以为想叫二和不说话，总得叫老驴打他一顿。他又觉着二和也就该挨一顿打才对："×你娘！别人笑我你也笑我！别人给我做老牛看瓜你故意躲到坪上不下来！喊叫你半天你故意不答应！先去赶牛不先给我解开绑！×你娘！非叫你挨一顿不行！"他打定了这个主意，就牵着老驴的衣裳，一边走一边说二和的坏话——说二和"光顾着戴着满头花玩"，说二和"光顾给他爹看庄稼"，说二和"把牛赶到窄崖上差一点儿跌坏了"。老驴起先只是哼哼答应，却也没有当成一回事。以后听他说把牛赶到窄崖上了，才打动了他的心。他平常爱惜牲口，牲口毛上有点粪他也要擦得净净的。他听说牛上了窄崖上，就马上反问他怎样上去的怎样下来的，受了伤没有。继圣见他注意了，就半真半假说得十分危险，末了又加了一句话说："他说'你回去千万不要告老驴说'！"老驴听完了他这一段报告，着实起了脾气。他觉着二和犯了两宗大

田寡妇看瓜

罪：第一是不该不操心把牛赶到窄崖上，第二是不该没大没小说自己是"老驴"。特别是第二宗，他以为越发饶不得。他觉着自己是"老领"，凭这功劳东家也得尊敬，一个放牛孩子，是自己直接领导的部下，为什么敢这样随便骂起来？他想这孩子非教训一下不可了。他想到这里恰巧也走近场边，便指了一下王光祖他们向继圣道："快回去吧！你爹你娘他们都还在那里等着你啦！"说了便扭头返回去找二和算账。

王光祖只顾跟马先生说话，他老婆和天命却早就看见老驴领着继圣从沟里出来了。赶走到近处，老驴又返回向沟里走去，天命却就迎上来。天命第一句先问继圣谁给他做老牛看瓜，问得他红了脸答不出话来，暗暗骂道："×你娘！这是谁给露了气？"

王光祖听得他们说话，抬头一看，看见继圣一身涂得像一只落水狗，跟天命那一身干干净净的蓝制服一比，实在无脸。他恨不得跑过去踢他两脚，可是当着马先生，又不好对自己的孩子发那么大的脾气，就狠狠咬牙骂道："下流东西！给老子滚得远远的！天生那种奴才架子，明天就叫你去放牛啦！"他老婆看见自己的孩子被糟蹋成那样，自然也又是骂又是疼。马先生劝了他们一会儿，才算都不吵了。

他们静下来，才听得远处有人哭起来。老驴返回去见了二和，一句话也没有说就先打了两个耳光，把二和打哭了。二和还只当是继圣把"看瓜"的事推到自己的头上了，他就一边哭一边分辩道："是我来？你问清楚是我来？"不分辩还好，一分辩又加了一耳光。二和早就知道继圣不是好东西，可是这一回却没有想到他要害自己。他觉着这一次实在没有对不起继圣的地方，可偏又被他害得挨了一顿没名姓的打，真是冤枉极了。老驴打罢了二和，一边走一边说："你干的是什么事？再敢不小心我揭你的皮！"说着就走远了。二和挨了打，一边哭一边赶着牛慢慢走到场边，还见继圣站在他娘跟前。仇人见面，分外眼明，二和就看着继圣赌着誓分辩道："要是我叫死我全家，妄嘴说人也叫死他全家了！"

王光祖正在气头上，听了他这么说，更是火上浇油。他觉着这真不成个规矩，哪有这放牛孩子敢在东家面前骂人的道理？他又觉着这应该和对付自己的孩子不同——他以为对着客人打自己的孩子是丢人事，可是对着客人不教训一个没规矩的下人更是丢脸事，况且自己还在气头上，也正好借这来出出气，因此他就叫道："二和你来！"二和只当他要问刚才老驴打自己的事，心想"我非把这事说个清楚不行"，就走到他跟前，哪知道正要张开嘴去说话，被他劈嘴打了重重一巴掌，打得仰面朝天倒在场里。二和哇地哭了一声，爬起来唾了唾嘴里的血，仍哭着辩道："放个牛就这么下贱？想打就打？打也得说个理吧？"王光祖一瞪眼道："你还要跟'我'说理呀？"说着又一耳光打去，二和却跑开了。

二和这一回下了决心，就一边跑一边顶他道："伙计、伙计不说理，东家、东家不说理，我任凭再跟我爹去讨饭也不敢给你放牛了！我还怕你们打死我啦！"说着头也不回，牛也不圈，饭也不吃，一股劲儿跑回自己家里去了。

王光祖原来是想争个脸，没打划结果这么糟，气得他两眼死盯着二和的脊背发作道："作死脸！我看你造得了什么反——老领！"老驴听得东家喊叫，赶紧跑出来，他便向老驴道："叫得老刘来算一算账把二和打发了！"老驴答应着，叫别的长工圈了牛，就去找老刘去了。就在这时候，庙里打发人来请王光祖，说是庙里的席已经摆好了。王光祖辞过马先生上庙里去，马先生、天命、继圣和继圣他娘也都回王家吃饭去。

二和哭着跑回家，家里他哥哥大和打忙工还没有回来，他爹被人家派在庙里打杂也没有回来，只有他娘一个人在家。他娘听见他哭，赶紧跑出院里来看他，见他的嘴也破了，耳朵也红了，半个脸也肿了，倒吓了一跳，三脚两步跑到他跟前扳住他的头一边看一边问道："小爹呀！谁又跟你闹气？"二和一肚冤枉要说，可是一见了娘又恸得很，哭得连一句话也说不出来。铁则他娘、鱼则他娘几家邻居们也出来看，也帮着问，可也问不清楚。

当二和挨打时候，小囤他们六个人都亲眼看见，喜宝他们一伙人，虽然没有敢到场子上去看，却也躲在一边看得清楚。他们这些人，见二和哭着回了家，有的回去圈了牛，端了一碗饭，有的连饭也没有端，就跑来看望二和。这时候，二和的哥哥大和也回来了，大家都在院里站了一大圈，把二和跟二和他娘围在中间，孩子们见二和哭得说不清楚话，知道的就替他抢着说，总算把继圣看瓜跟二和挨打的经过，给他娘跟他哥哥说明了。说完以后，大家都替二和抱不平，有的主张去找王光祖说个清楚；有的主张到庙里去叫大家评一评这个理。二和他娘唉声叹气道："咱能跟人家说个什么理？趁咱的什么啦？"说着眼里也流下泪来，拉着二和回屋里去了。

天黑透了，院里的孩子们也散了，大和也回屋了。二和的娘给二和舀上饭二和也吃不下去，仍哭着道："我是不敢给他放牛了！我还怕他打死我啦！"大和也说："咱惹不起他吧也怕不起他？不给他放就不给他放吧，不论到哪里还愁寻不上个主儿！"

二和这时候哭也止住了，他娘把他的头放在自己膝盖上，用一只手给他揉耳朵，觉着他半个小脸热烫烫的。就在这时候，老刘回来了，一进门就问："二和啦？"二和他娘说："在这里！"老刘喘了几口气就骂："× 你娘！

老子不捶死你算你武艺高！"说着就往炕上摸二和，吓得二和他娘把二和往炕后一推用脊背堵住，大和也挡着老刘说："爹！一点儿也不怨二和的过！你听谁说什么来？"说着把他招呼到小板凳上坐下，他还是喘着气说："他算是给我闯下乱子了！"

大和给他点上灯，慢慢跟他说二和这打怎样挨得冤枉。二和的娘也把着二和，哭着向他说："不用打了，人家早就快把他打死了！"老刘半天也没有说一句话，等到大家都不说了，他才说："人家不叫咱活了！人家村长打发老驴到庙里找我，说咱这闯事的二和跟人家村长顶嘴！人家不要他给人家放牛了，要叫我跟人家去算账啦！"

大和说："不放就不放吧！只有他一家雇人的？"他娘也说："什么好主家？吃的饭还没有吃的打多！"

老刘说："都是傻瓜！咱凭什么跟人家算账啦？大前年的庄稼叫牲口吃了一半，前年又遭了旱灾，光欠租就是三石多。今年春天又借人家的一石谷，到这时候连本带利又是一石五。光这四五石粮食，咱指什么给人家呀？还有咱种的那几亩山地是人家的，住这座破房也是人家的，人家扭一扭脸，咱还怎么在这地方站呀？"

二和他娘说："咱这一家活得算个啥？还不如死了清静些！"

老刘叫着二和道："爹跟你好好说，你以后少给咱闯点事好不好？"

二和发急道："爹呀！我真正是没有闯过什么事呀！"

老刘道："你还哭啦！你为什么跟人家顶嘴？"

二和道："我白白挨了两顿打，连话也不叫我说一句吗？他说我不该顶他，他为什么好好就该打我？"

老刘道："唉！孩子呀！打就是打了吧，还能问人家该不该？人家是什么人？咱是什么人？"

二和他娘道："你那么说咱那孩子还有命啦？"

老刘说："说什么理？咱没有找人家说理人家就找咱算账啦！有理没理且不论，这账怎么敢跟人家算呀？"

正说话间，外面有人喊道："老刘伯伯！庙里叫你去点灯啦！"老刘舀了一碗饭，端着走了。

三、关帝庙挤不挤

叫老刘是鱼则去叫的。鱼则是老黄的孩子。老黄跟老刘一样，都是外来户。原来庙里有了神社事，要叫谁都是社首打发看庙的去——叫桌面上的人物说是"请"，叫村里老百姓说是"叫"。要说叫外来的逃荒的人，那就连"叫"也说不上，只是派个条子叫他来支差就算了。像唱戏的时候派老刘他们打杂，自然是只用通知一回，就把这二天戏唱完才能算消差，半路上再没人去叫他们，谁误了是谁的事。老刘因为二和得罪了村长的事，回去一大会没有来，这时候拜殿上要挂灯，老黄怕他误了再受社首们的气，因此才打发自己的孩子去叫他一声。

他跟着鱼则离开了家，外面果然黑得看不见路了，快到庙门口，才看见有两家卖油糕的点着两盏麻油灯。他只当误了什么事，赶忙三脚两步走进庙里，看了看情形，时候还早，这才放了心。原来庙院里还是黑的，只有四五个去处有点火光：社房楼上正划拳喝酒，窗上照得亮亮的；戏台上两个小门黄黄的有点灯光，后台里似乎有一盏灯；拜亭上有老黄、老张他们在那里挂灯，可是才点着了一支蜡烛；两廊靠近台阶的地方有几个纸灯笼，是几个卖果子的。人也不多：除了做菜的，托盘的和几个打杂的以外，就只有一伙孩子们跑上跑下乱喊叫。

老刘见拜亭上有了人，就也一径走到拜亭上来。负责挂灯的是三个人——老黄、老张和老刘。挂的灯是各色各样的宫灯，都是用木头做成了格子，上边张着纱，用的时候才十片八片往一处拼对。老黄是小木匠出身，懂得这个。老黄还有个怪劲，手巧嘴拙，能做不能说，急了干张嘴，张十来次嘴才能说出一句话来。老张自小就是个打莲花落讨饭的，和自己地位高低不差什么的人在一块做活，只要他张开嘴就没有旁人说话的地方。他跟老黄到一处，总好故意挑着老黄说话——看见老黄张几次嘴说不出来，他就再跟着说几句；等到老黄快又要说了他就再说几句，然后哈哈一笑，就笑得老黄把话闷回去。

负责的虽然只有他们三个，帮忙的却是七手八脚人数不少，就是白天在山上放牛那伙孩子们。他们这帮忙是为了自己：原来每一支蜡烛的把子都长得很，往灯里插的时候总要折下多半截来，像一根筷子。唱戏的时候，这庙里要挂六七十个灯，这半截烛把子要折两大把，他们都爱抢这个，不过也不一定真是做筷子，只是玩一玩。

老黄管拼灯，老张管插蜡烛，老刘管往上挂，孩子们除了抢烛把子还管提上灯给老刘递一递。插蜡烛自然比拼灯容易，因此老张一直催老黄，顺口就低低地唱起莲花落："叫老黄，快快干，误了开戏不好看。""黄师父，你快做，误了开戏吃家伙。"老黄急了一大会才急出一句话来说："我我我只有两只手呀？"老张连停也不停又唱："不管你有几只手，吃了家伙难开口。"小孩们都嘻嘻哈哈笑他唱得有趣。

铁则是老张的孩子，见他爹管往灯里插蜡烛，他一点儿也不放松，把烛把子一根一根都弄到他手。鱼则向他要，他举得高高的不给。小胖仗凭力大，从背后把他抱住叫"鱼则！快抢！"还没有等鱼则下手，小囤手快，一把就夺过去了。大家见烛把子都到了小囤手里，一轰就把小囤围起来。小囤见走不了，就说"咱们分吧！一个人先分两对！"大家说"行！"小囤一手把东西举得高高的，叫一个名，发出四根，叫一个名，发出四根。这里也有别的孩子们等着领，可是小囤仰着脸不看他们，只是念放牛坡上的那一伙人的名字。他顺口念到二和名下没有人答应。别的孩子们都说："他没有来，先给我们发。"放牛孩子们说："你不知道二和怎么啦？"小囤没有等他们说也想起来了，把举着的东西放下来说："二和还在家哭啦！咱们先去叫他吧！"小胖说："分了再去！"小囤说："可以。"小囤这会儿也不再举起手，也不细数，放牛的孩子们也愿意叫他快快发，伸了一圈子手来接。小囤哗啦哗啦发了个差不多，便说："这算我跟二和的吧？"他们也都不再计较，都说"走吧！走吧！"说着就去找二和去了。

　　放牛的都走了，别的孩子们仍然围着老张抢烛把子。这时候社首王海从社房楼上的窗口伸出头来叫道："上菜吧！"往上端菜的是小管的爹。他听王海一喊叫，接着就在庙院里喊叫小管，老刘答应他"小管到我家去了"，他就不喊了。张老仍然是一支一支插着蜡烛，口里仍唱着莲花落："叫老黄，快快快，社房楼上上了菜。"……小管他爹见小管不在，自己便拉过木盘，端着第一碗海参上了楼。

　　楼上，一桌坐着六个人：王光祖坐在中间一把圈椅上，左边一条凳子，坐着两个社首——一个叫王海，是王

光祖的本家弟弟，另一个叫赵起；右边一条凳子也坐的是
两个社首——一个叫赵永福，一个叫李恒盛；下位偏左放
了个方凳，坐的是学校先生，右边留了个口叫上菜。

　　小管他爹把吃光了的酒菜盘向四边一推，摆上海参
碗又退下去。李恒盛便先举起筷来在碗上点了几下，笑
嘻嘻向王光祖打着招呼说："来吧来吧！趁热！"大家也
都举起筷来等着王光祖。王光祖也不谦让，懒懒地拾起
筷来，先夹了一片，大家也就跟着夹下去。王海才把第一
片送到嘴里，觉得很烫，吸了几口气，然后嚼着说："好！
又热又烂！"他觉着坐在离王光祖最近的座位上，随便评
论一两句菜的好坏，才能算比别人高贵些。赵起觉着能跟
王光祖坐在一个桌上吃一碗菜，已经够不错了，再要扳着
说个什么那是不知趣，因此不预备开口。赵永福接着王海
的下音说："好是好，可是不敢算账！这一碗菜至少值一
斗小米！"王光祖轻轻看了赵永福一眼，微微有点发笑。
王海顺着王光祖的意思向赵永福开玩笑说："你也算枉当
了多半辈子财主，连半斤肉也没有买过。"李恒盛是小户
人家，跟人家三个人凑到一处，本来不相称，可是时时总
想跟人家往一处凑；见人家说得很热闹，早就想凑几句，
只是一时想不起说句什么话合适——顺着王海说吧，怕赵
永福不满意；奉承赵永福几句吧，又不合王光祖和王海的
意思；不说这个另说个别的什么吧，又跟人家两个人的话

连不起来。他猛一下想起一句合适的话来正要去说，可是已经冷了场，人家又都吃起菜来，话误了菜可不敢误了，他赶紧也跟着去夹了一块海参送进嘴里。吃了一口菜之后，他又觉着费很大劲想好的那句合适话，不说一说实在可惜，就拿了一拿劲说："永福老哥虽说没多吃过好东西，可也没有……"他正说着"可也没有枉花过钱"，可巧遇着王光祖开了口，把这句得意的"合适话"碰散了。原来王光祖没有心思听李恒盛说什么，只看见学校先生因为是个晚辈有点拘束——话也不说，菜也吃得很客气，便叫着他的名字向他说："宝三！你吃你的！不要拘束！"就是这句话把李恒盛的话碰散了的，李恒盛直到吃了几碗菜以后还觉着可惜。

吃了几碗菜，王光祖想起继圣要上高小的事来，顺便向大家道："继圣他姨夫说叫继圣秋后上高小念书啦。你们哪家的孩子愿意去的话，这倒有个做伴的。"在黄沙沟村，王光祖和别人坐在一处，总是别人先跟他说话，很不多见他先跟别人开口！要是他先开口，那一定说的是和他自己有利的事。这一次也不特别，表面上好像说情愿用我的孩子给你们的孩子做伴，实际上想在人家的孩子们当中给自己的孩子找个做伴的。他这样一开口，在座的人都觉得人家愿意把人家自己的孩子跟咱的孩子算成一类，实在是件光荣的事。特别是李恒盛：他听了这两句话，高兴得两只手就在头上乱搔，嘴里的菜也顾不得往下咽就来接王光祖的下音。他说："世界上什么也没有念书好。我这一辈不识个字，心里实在闷得慌，实在想叫我宿根多念几天书，可惜是供不起，我宿根跟你继圣……"他一股兴头正往下说，见王光祖把头转向赵起那边去说话，也就只好半路停住。其实王光祖向大家说孩子上学的事，并没有把他算在数里；见他先插嘴已经觉着够讨厌了，哪还能一直听他说那样长，因此便把头一转去问赵起。他也不是特别看得起赵起，只是觉着赵起的孩子满土老实，又比继圣大一点儿，早晚从学校回来跑跑，到路上能招呼招呼继圣，这才向赵起说："你啦！叫你满土去吧？"赵起是个小疙瘩户，无心爬高，只觉着孩子能守着原盘日月就好，因此就说："我趁啥啦？还供得起那个？"不等王光祖再来劝，王海就替他来劝赵起说："去吧！你这小疙瘩户怕啥啦？咱们也叫孩子们赚几个轻巧钱吧，难道就只能辈辈当山里的老土？你要能叫满土去，我也能叫我喜宝去。"就这么几句话，已经把赵起的心说动了一点儿，不过一时还拿不定主意，就含含糊糊说："我怎么敢跟你比？不过这会儿念书听说也不花什么钱，回头想想看吧！"王光祖见赵起有这心思，又接着淡淡地劝了他几句："没什么花销，只是管自己孩子一点儿吃。在家不吃了吗？"说到这里，馍上来了，大家都取了馍。李恒盛见王光祖不理他的话，一大会了总觉着脸上灰灰的，早想找几句话解一解，只是插不上嘴，这会儿见大家不说了，是又想补个空子。不过他这会儿不敢再去王光祖名下找丢人，就避开王光祖向赵永福说："老哥！叫你小记也去吧？"赵永福笑了一笑说："咱还挖咱的土吧！"王海说："你跟他说那干啥？人家有一斗谷，春天放出去秋天就能成一斗半；一块钱放出去，一年能多三毛，怎么舍得弄这个？"赵永福正想分辩，排戏的来请点戏，把他的话打断了。

四个社首都不懂戏，村长王光祖又不好看戏，就把这事推给学校先生。王光祖向先生道："宝三！你到楼下跟他挑戏去吧！要是不知道什么好，可以问一问聚宝！"先生便和排戏的一同下去。王海见排戏的已经来了，庙院里的人也轰隆轰隆的了，只是庙院还黑黑的，就向窗口喊叫："聚宝！怎么还不点着老灯？"这时候，小管他爹也端上漱口水来了，大家也都吃足了，便都离开了座。四个社首都戴起帽子来去烧香。

这聚宝原来是个碾磨子的石匠，可是很懂戏——也会看也会唱。他碾起磨来也是手里碾着嘴里唱着，锤就是他的梆子，碾得慢了唱流水，碾得快了唱垛板。附近几个戏班子里都有他的熟人，哪一班唱什么戏得手他也都知道，因此本村每逢唱戏，大家都愿意请他来挑。他拨戏台上的大油灯拨得很有把握，因此社里每年总是派他管老灯。不过他有一股别扭劲，只会说一股老直理，人送外号"碹磨锤"，理说顺了怎么说怎么应，要是惹起他的脾气来，什么难听他就说什么。这一回他才去点灯就弄了个别扭：王海喊叫他点灯，他正提了个油罐上到台上，先生又叫他点戏。先生见他上了台，就挤到台跟前仰起脸向他说："聚宝！你给咱点戏吧！"他说："可以！等我点上灯着！"先生站在台下等，等了一会儿，见他才点着了一盏，就催他说："就且点着一盏吧，村长说叫你去点戏啦！"先生就只多说了个"村长说"就惹起他的脾气来了。他说："我不管！点灯能派差，点戏可不能派差！"台下另有人劝他说："去吧聚宝！这不是派你的差，是我们大家请你去！请你给大家点几出好戏看看！"他说："你叫先生说清楚，看究竟是大家请我去呀还是村长派我去？"说罢仍然点他的灯。先生知道他素日的脾气，因为怕耽误时间，也只好说："去吧去吧，是大家请你，不是村长派你！"他也没有再说什么，仍然是先把灯点好，才跟先生去点戏。不大一会儿，戏点出来了，戏牌挂在台口柱子上，正本戏是《天河配》，搭戏是《铡美》《下南唐》《杀狗》，大家都很满意。

拜亭上烧着香，戏台上排着场，庙门口进着人，眼看快到开戏的时候。这时候，忽然从庙门口闪进一道亮光来，正往庙里走的人们往两边一裂，那亮光好像更大了些，从中间的人缝中穿到庙院里。大家向门口一看，老驴点着村长的马灯在前边领着路，继圣他娘、他姨姨、天命、继圣、马先生，都挨走进来，后边跟了两个长工给扛着两把圈椅。

王光祖在楼上看见马灯一晃，就知道是马先生他们来了——因为村里再没有第二盏马灯——急忙下楼来迎接。老驴见他接着马先生往拜亭上走，天命和继圣也跟着到拜亭上去，就不去管他们，点着马灯把继圣他娘和他姨姨送上社房楼上对面的东敞棚楼上。这座楼是专叫妇女们看戏用的，前边也只有栏杆没有墙。她们两个来得迟了一点儿，靠栏杆的一列已经排满了板凳坐满了人，按常理她们只好坐在后边，可是她们这两个人就不能以常理论了：上年纪的老婆们见人家这些贵人们来了，不用等人家开口就先给人家躲开；年轻的媳妇们舍不得让开前边的座位，婆婆们就怪她们不懂礼体，催着她们快搬了板凳；十来八岁的小孩们，就更简单——他们连凳子都没有，只是靠栏杆站着，老驴只向他们喊了一声"往后"，他们便跑过后边去了。逼过了大人，撵过了孩子，长工把椅子排好，打发她们两个坐下，老驴这才提着马灯领着长工们下去。椅子本来就要比板凳占的地方大许多，再加上是圈椅，逼得后面的板凳离她们至少也有五尺远。

王光祖领着马先生往拜亭上走，拜亭上才烧过香的社首们也笑脸相迎。可是拜亭上也不是个清静客厅：喜宝、满土他们一伙学生们才在这里抢完了烛把子；小囤他们去叫二和回来，见蜡烛已经插完了，扑了个空，可是也没有马上跑下拜亭，只是跟喜宝他们合了伙，来比谁得的烛把子多；大人们，不论是本村的、外村的、男的、女的，也有好多都在上边游来游去看灯。先生见王光祖和马先生上来了，一边跟马先生打着招呼，一边横起两条胳膊撵着拜亭上的大人们往下走："闲人都下去！下去叫客坐！"本村人不是客，自然都下去了；外村人虽然是客，可也知道先生说的那客不是说他们全体，除了几个穿长衫的跟王光祖和马先生打过招呼留在上边以外，其余的也都把自己算成"闲人"走下来了。"闲人"下来以后，社首们叫打杂的增加了些椅子板凳，让王光祖他们这几位更"闲"的人坐。这时候，拜亭上的人物只是有数的几个了：王光祖、马先生、本村学校的先生任宝三、四个社首、外村几个穿长衫的和天命、继圣两个小孩。他们有的溜达着，有的坐着，有的摇着扇，有的背着手，在他们看来，拜亭上只留这几个人才能算有次序。继圣又换了一套花衣服，把联锁绳换成了银项圈，和天命两个人半通不通地念着宫灯上写的诗句，引得别的穿长衫的夸奖他们的聪明。别的孩子们见他两个也是小孩，能在拜亭上玩，又凑上去试试，可是没有上到台阶上，又被社首李恒盛赶下来。

田寡妇看瓜

马先生在黄沙沟附近这一带好像是圣人，扒得着他的人见了总是问长问短。这次王海问起他宣统皇帝复位[1]的事来，他便谈了一顿国家大事，给大家讲了讲出了个"满洲国"[2]，出了个"北平政务委员会"[3]，还有什么"塘沽协定"[4]，不过他只是说明有了这些东西，一字也没有说这有什么利害关系，听的人就连这个也还没有完全听懂。

戏开了，他们嫌拜亭上离得太远听不清，叫打杂的又在庙院上半院排了些桌椅，摆了些梨儿桃儿，然后从拜亭上移下来坐在新座位上。他们仍然谈他们的，两个孩子先把桌上的梨桃装满了自己的口袋，然后跑到东北楼上找他们的娘去了。

戏开了他们就谈戏。从这戏的东家到有名的角色，马先生都知道。提起这戏的东家来，马先生说是城北关三益堂的戏，说这三益堂从明朝时候就是财主，从家里起程往

---

① 宣统皇帝复位：宣统是清朝末代皇帝溥仪的年号。辛亥革命推翻了清王朝，1917年7月1日，军阀张勋拥宣统恢复帝制，仅十二天即告失败。
② 满洲国，1931年日本帝国主义侵占中国东北后制造的傀儡政权。
③ 北平政务委员会，即"冀察政务委员会"。1935年冬，国民党南京政府宣布成立以宋哲元为委员长的冀察政务委员会，以适应日本帝国主义提出的华北政权特殊化的要求。此机构设在北平，习惯上也称北平政务委员会。
④ 塘沽协定，1933年日军进攻长城各口，中国守军自动起来抵抗，国民党政府却于5月31日与日本关东军在塘沽（今属天津）签订丧权辱国的停战协定，又称《塘沽协定》。

周家口走，一路上都有自己的生意，可以不住别人的店，说得赵永福吐了吐舌头说："妈呀！我常想戏上穿那些绸缎衣裳，贵巴巴的谁买得起，不想人家那财主就那么大！哪来那么多的钱来？"说得大家都笑了。马先生说："出一班戏能花人家几个钱？人家家里七八十口，子弟们也有做官的也有念书的，有在省里的，有在各县的，还有在北平和南京的。县里出北门五十里哪村没有人家的地？一亩地七八分粮银，人家名下就有一百多两。要说外边那些大地方，哪家银行有多少存款，哪家大公司有多少股本，除了人家自己那就谁也不知道了。"他这么一说，不说赵永福，就连王光祖也叫他吓住了。

《天河配》是老熟戏，又是文戏，唱起来大半天不动锣鼓。他们虽然坐了个好地方，可是也不细看也不细听，只是大声谈他们的话，谈话的声音把台上的戏都压住了。谈到了这本戏，马先生说是老俗戏，也是单边戏，使不着大角色。王光祖说："要不你点一回吧？"还没有等马先生答话，他就随着向台上喊："喂！叫你们排戏的来一趟，马先生要点戏啦！"有人要点戏，戏班里自然愿意，打发了个唱旦的拿了个写着戏本名目的笏板来了。马先生接过来看了一下，点了一出昆曲《游湖》，那人便接住打了个千儿去了。

不大一会儿，《天河配》半路停住，就开了《游湖》。

田寡妇看瓜

不过一台下的看戏的，差不多都没有马先生那样风雅，都急着要看牛郎织女成亲，不愿听那呜呜哇哇的昆曲，就哼哼唧唧地议论起来。王海看见前边站着的人头乱动，恐怕扰乱了王光祖和马先生的兴头，就高声大喊："不要乱！好好听！"大家又稍稍安静了一点儿。可是聚宝偏不服劲：他见把他挑的《天河配》停了又开了《游湖》，早就有点不耐烦；赶到听见王海说"不要乱"，他就接着说："不要乱？姓马的有钱，雇上一班戏回他家里唱去，管保一点儿也不乱！"他说得不高不低，近处的人听得很清楚，都觉得这话很得劲；王海和马先生他们也听见了，可惜没有听出是谁说的，也无法追究。凑巧的是人越来越多，戏虽是开了一会儿了，路远一点儿的人才赶到。王光祖他们的桌子前面，起先还有空子，后来越挤越近，挤得他们一点儿也看不见，王海虽然屡次喊叫"往前一点儿"，可是人多了，挤得都由不了自己，一点儿效果也没有，他们只好站起来。聚宝听王海喊了几遍，又自言自语说："往前？这会儿可使不上你们那威风了！"这一回王海可听出这话是聚宝说的，有心骂他几句，又怕丢了自己的身份，想了一想，就变了一个样子来发作。他像发紧急命令一样，喊叫一声："聚宝！把灯拨亮！"聚宝看见灯着得好好的，知道他是故意发脾气，就顶了他两句说："挑刺也要看看眼对不对，这灯还不亮？"王海丢不下人来，提高了嗓子大声嚷着说："叫你拨你就得拨！有什么说的？"他这么一说，惹起聚宝的火来。聚宝起了脾气，谁的账也不认。听了他的话，扭回头来对着他喊："我不拨你把我怎么样？我早就破出来了！看你能把我的手剁了不能？"王海虽然也跟他对吵，可是没有他的声音高，被他的声音压住。他越嚷越起劲："只叫你们活吧！东西楼上、拜亭上、台上、台下，满庙里都成了你们的世界，哪还有别人活的地方？"王光祖早就忍不下去，但发作起来又怕顾不住自己的身份，因此只让王海去压服，自己没有亲自动神色。赶听到这里，觉着非亲自开口就再压不下去，便跳起来喊："把他捆起来！没有见过这么野的东西！"可是没有等他的话落了音，前边的人一动，后边的人抗不住，哗啦一声往后一倒，跟河涨了一样，把他们连桌椅带人，一齐都挤倒了。聚宝还在人群里喊："捆吗？我犯了什么罪？"说着就从人群里闯了一条胡同走出庙去。王光祖手下虽然有几个小喽啰，可是自己都知道不是聚宝的对手，谁也不敢去拦挡。这么一闹，人都乱起来，戏也停了，有些怕事的都挤出去走了，庙里才算又松动一点儿。

老驴把王光祖跟马先生扶起来，王海他们也都爬起来。王光祖听说聚宝走了，就下命令说："去捉去捉！这还了得？"王海和李恒盛带了几个人去捉聚宝，王光祖和马先生回社房楼上休息。戏又照样唱起来。一会儿，王海他们回来了，说聚宝早就背着他的锤钻走了，家里只留下了煤掀火柱，一口砂锅，一只碗，还有一口破水缸，一条破席子。

王光祖觉着对着马先生，本村就敢有人这样不给自己顾面子，说是非办不可。还是马先生说："算了，张扬出去跟着他丢人。"这才算把一场风波平息过去。老刘瞅了个空子找老驴，请老驴到庙门外吃了几个油糕，托他到王光祖面前替二和讲情，叫把二和再收回去。老驴说："这不算啥！小孩们能不吵架！不过二和的嘴太强，你以后要劝说着他些！"老刘一边连声答应，一边把大和打了一天忙工赚的工钱开了油糕钱。

继圣他娘和他姨姨，自从庙里吵过架以后，就没有再看戏，挤过这边社房楼上来看王光祖和马先生受了伤没有。继圣和天命也跟过来。他们早就想回去了，只是嫌人多不好往外挤，赶到唱完了《游湖》，老驴把二和叫来，当着王光祖的面骂了二和几句，算是做了开解，然后叫二和提上马灯，仍叫长工搬上圈椅，自己拉着继圣的手。二和在前领着路，马先生、王光祖、继圣他娘、他姨姨、天命、老驴、继圣七个人摆成一串走在中间，两个长工搬着椅跟在后面，一同走出庙去。庙里的人们见他们去了，觉着庙院猛一下就宽大了许多。

四、也算翻身

聚宝自那次跑出来，十来年没有回黄沙沟去。抗战以前，怕王光祖，不敢回去；抗战时期，被日本人修的正太铁路把他隔住，不能回去；日本投降后，他已经在路东找下个落脚处，又在斗争恶霸时候分得些果实，村里群众又对他很好，因此又觉着不必回去。

又隔了十来个月，他忽然又想回去看看。因为有一次路西来了一个人，说那边也到处有群众运动，把那些吃人咬人的先生们都斗倒了。他问了一下被斗的人们都是谁，那人数了一大串名字，他只知道两个——一个是那年在黄沙沟唱的那戏的东家三益堂，一个就是王继圣的姨父马先生。他问起王光祖，那人不知道，没有听说。这一问引得他想回去看看这王光祖究竟落了个什么结果，因此就回去了。

走了十来天，这天半后晌，就到了他的老家黄沙沟。

当他走到离村半里的地方，早看见好多人在河滩一块地里割麦，数了一数，共是七个人，除了一个穿土色衣服的，其余的六个，都穿的是雪亮的白小衫，戴的是崭新的大草帽。这些人都割得飞快，好像在地里跳舞，嘴里还不知道唱些什么，割着唱着，一会儿就打起来了，一会儿

田寡妇看瓜

就又笑起来了。这是黄沙沟的好地，麦子长得有胸脯高，大约有五六亩。他把这一片地，一块一块数算了一下，数算着这一块是王光祖的。他想这一定是归了翻身户，却不知道是归谁了。

赶到他走近了，割麦的人也都看见了他，停住了手望着他仔细端详着。有个白胡须老汉（就是那个穿土色衣服的）先认出他来，叫了一声"聚宝"，年轻人们也有叫大爷的，也有叫大叔的，都跟着老汉笑眯眯地来招呼他。

这老汉就是老刘，他认得；其余的年轻人看起来有些还没有大变了样子，可是一时叫不来他们的名字，只觉着和他们上一辈的人们年轻时候有点一样。他一边说话一边想着，慢慢又认出一个大和来。那些青年人们都故意和他闹，这个说"大叔你认得我是谁"，那个说"大爷你猜猜我叫啥"。他觉着这伙人蹦蹦跳跳实在可爱，引得他哈哈大笑。一个粗大个子青年说："大爷！放下歇歇！"说着就从他的肩膀上替他卸下行李。他坐下了，大家也跟着他坐下。老刘说："你还背着你的破磨锤？"他说："凭什么敢把这个丢了？"

经过老刘介绍，才知道这几个青年的名字：给他接行李的那个是小胖，跟大和面目差不多的那个是二和，其余的三个是铁则、鱼则和宿根。他看着他们的新衣帽，笑着问："大家都翻了身了吧？"

"翻了！"好几个人齐声答应。

"咱村都斗了谁？"

"斗了谁？老光祖！""王海！""赵永福！"大家七嘴八舌答应着。

小胖用嘴指着宿根说："还有他家！他给人家通风报信就捎带了他一家伙！"宿根看了一眼，什么也没有说。

聚宝的心落实了，心里暗暗得意，好像对王光祖他们说："试试！你狗×们再厉害？"他又故意问二和说："二和！再不用给王光祖放牛了吧？"

没等二和答应，小胖插嘴说："人家二和早就升了，从继圣升中学那一年，人家就从放牛孩升成长工了！"

聚宝笑了一笑说："如今总不干了吧？"

小胖说："不？还吃人家的饭，还给人家干！"

聚宝说："奇怪呀！不是翻了身了吗？"

小胖说："也算翻吧，只展了展腿！"

聚宝说："为什么不翻个透彻？"

小胖说："为什么！"又指着老刘、大和、二和、铁则、鱼则说："这几个人？算了吧！教着曲也唱不响！背地里不论给他们打多少气，一上了正场就都成了闷葫芦了。自己不想翻，别人有什么法？"

大和向聚宝说："老叔你不摸内情：人不能跟人比，一个人有一个人的本事。小胖人家是武委会主任，嘴一份手一份，能说能打；像我们这些人，平常只在黑处钻着，上了大场面能说个啥？谁知道什么该说什么不该说？说出去谁知道是啦不是啦？"

老刘说："我看也翻得可以。就说我家吧：咱是一筐一担逃荒来的，黄沙沟没有咱一砖一瓦一垄田地，如今咱住的那座房也算咱的了，咱在三角坪开的那块荒地，这几年展到七八亩，也算咱的了；这还不够好？就是不该把老婆饿死了来！……"

聚宝问："怎么？老嫂不在了？"

老刘说："唉！不提她了！灾荒年饿死了！怨她没有命，要活到这时候来死了也放心些！"

宿根半天插不上话，见说起这来了，他也趁空开开口："老叔你还不知道啦：咱村过灾荒年饿死了好几十口——小囤他爹、小管他娘……"

小胖说："数那些做甚啦？数到天黑也数不完，我看还是说说别的吧：你这十来年都在哪里来？"

聚宝说："在路东，太行山里，也没有一定的地方，哪里有磨就到哪里碾，近两年来才算有个落脚处。这些说起来话长，咱们回去再谈吧，你们先告我说斗王光祖斗得怎么样？"

老刘说："斗得也不轻，如今只留下三十来亩地了。"

小胖说："不轻？可算是没有斗好，只把些远地给了群众，还给人家丢下三十多亩好地近地。这不是？这些地还是人家的，你看这麦长得多高？"

聚宅愣了一会儿说："怎么还能把这么好的地给他丢下？那你们翻了个什么身？"

二和半天没开口，这会儿也说话了。他说："说起来咱也算翻了身了，可是咱还是人家的伙计，人家还是咱的东家！"

小胖说："那怨谁？没有叫你们多提意见？"

老刘看了二和一眼说："算了吧！不要太不知足了！给人家当伙计还不是咱愿意？咱三角坪那点地，用得着咱父子三个人种吗？咱给他当长工他给咱工钱，我还找不上个主儿啦，人家每月愿意花八十斤米，还不给人家住？"

小胖笑着向老刘说："你这老人家不会打算！你的地不够种不能多要他几块？一定要给人家留那么多，回头再去给人家当长工？"

老刘说："你们如今说那理我就听不过去！人家就只有那么多的问题，也不能给人家没有窟窿去钻眼呀！咱一辈子虽说穷可穷得干净，不会说那些讹人话。"

小胖说："那能算讹他？你父子们给人家受，人家睡着吃；人家吃胖了，把你们吃干了；过灾荒年，人家关住门吃饺子，却饿死了你的老婆，你好好想想这账该跟谁去算？"

二和说："俺可知道俺爹又要说啥啦！'那还不是咱的命穷？'哈哈哈哈！"

"哈哈哈哈……"大家都跟着笑起来。

笑得老刘不好意思了，老刘翻了二和一眼说："你笑啥！那是正经话！"他这么一说，大家笑得更厉害了。

"就斗了个这？"聚宝觉得很泄气。他又问大家说："王光祖总不能还是村长了吧？"

小胖说："那倒不是了。如今的干部没有一个旧的，也没有一个老的：满土是村长，小囤是政治主任，满囤是农会主任，小管是副主任。"

聚宝问："都在家吗？"

小胖说："村长在家，政治主任跟农会正副主任都到区上受训，明天就回来了。"

聚宝又问："王光祖那颗种（就是继圣）成了个什么器？"

小胖说："上了半年中学日本就打进来了，后来当了几年小学教员，如今在村里合作社管账。"

二和指着路上的一个人说："老驴来了！"大家随着他看了一看都拿起镰来。小胖说："怕他做甚啦？不许歇歇？"

聚宝问："你们是给他打短工吗？"

大家说："我们是个互助组。"

聚宝站起来，一面背他的行李一面说："咱们晚上再谈吧！我先回去了！"

大家也都说："好！你先回去歇歇吧！"大家送他走了，又都割起麦来。

小胖忽然又想起个问题来，远远叫着聚宝说："聚宝大爷！你的房子坏了！你可以先到我家吃顿饭，叫村长给你找个房子住！"别的人，也都喊着"到我家吃饭吧"。聚宝远远地点头招手，向大家道谢说："好好好！"

聚宝回到村里，在街上没有碰到一个人。他没有先去找村长，却仍回到他那破房子里。他进去一看，哪里还像个房子？席子大个房顶就塌了箩头大三四个透天窟窿，门窗上早已没有一片木头，地上早成了泥堆。他看了独自一个人发笑，心想"像这房子，就是不坏了吧，能算个什么东西？费了十来天工夫回家，就回了这样一个家？"看了一会儿，觉着没甚意思，仍然背着行李去找村长。

他走到满土家，见有个年轻媳妇在院子里做饭。他虽然认不得她，猜也可以猜着是满土老婆，就问："村长在家吗？"那媳妇先告他说不在家，接着又盘查了他半天，才又告他说村长在合作社。他又问了合作社的地点，就往合作社来。

快到合作社门口，见个小孩子拿了个小口袋，里边不知装了些什么东西也往合作社走，和他同时进了合作

田寡妇看瓜

社门。

合作社里柜台后坐着四个人，是王继圣、满土、喜宝和宝三（就是从前的学校先生）。他们见了聚宝，都觉得有点奇怪，差一点儿要问"你怎么还在！"可是谁也没有这样说出来，都只说了声"回来了大爷？"聚宝和他们点过头，他们又都问些"从哪里回来""这几年都在什么地方"，聚宝一张嘴只好慢慢答应。

就在这时，那个小孩把他手里的小口袋向柜台上一搁说："换盐！"他们只顾和聚宝谈话，没有理。那小孩又催了几遍，把个继圣催烦了，便教训他说："等一等！你就没有看见有客？一点儿眼色也没有！"小孩说："家里急着吃！"继圣说："就等一会儿吧！"聚宝看见不像话，就向继圣说："你先做生意！这又不是生客！"他虽是这样说，继圣仍是先让他坐了然后才给小孩换盐。

继圣这会儿对聚宝似乎很好，他一边量着小孩的麦子，一边向聚宝说："大爷！放下行李先进来歇歇！"喜宝和宝三也好像很亲热地让着，只是满土却真是实心实意地让着，一边说话，一边便从柜后来接他的行李，聚宝看了继圣和喜宝两个青年的面貌，就想起王光祖和王海来，心上实在有些不痛快，因此也就不想跟他们两个人的后代坐在一处。可是满土对自己无冤无仇，自己又要找人家谈房子的事，人家又是一番好意让自己到里边坐坐，怎么好意思推诿呢？两种心事一比较，还是进去对，他便把自己的行李向柜台上"咚"地一丢，一跃身进到柜台里边，回手又把行李抓起来丢在里边的地上。满土说："大爷还是这么大精神！背的还是硋磨锤吗？"聚宝笑了笑说："那是吃饭家伙，还敢不背？"说着就和喜宝、满土一同坐下。

他两个仍向聚宝说了一些见面话，无非仍是"这几年在哪里来""回来走了几天""那里的麦子好不好"……一类的话。继圣打发走换盐的孩子，宝三记了账，也就凑来打招呼。

继圣、喜宝、宝三和满土四个人同时欢迎聚宝这位稀客，可是心思不同；满土只是觉着奇怪，觉着这十几年没有音信，不论谁都忘记了的一个人，现在忽然又回来了，真是想不到的事。宝三虽然和王光祖他们接近一些，可是向来也没有对不起聚宝的地方，心里也平平的。继圣和喜宝两个人的心情就不那么简单。——聚宝是怎样走的，他们那时候虽然是小孩子，却还记得个影儿。年头腊月黄沙沟搞群众翻身运动，他们两家虽然也挨过斗争，可是并没有人替聚宝提出问题。如今聚宝这人已经是回来了，他们觉着在这种年头，再加上聚宝的"硋磨锤"脾气，很难保不生事，因此一见面心里先有几分不自在，不过他们两个也和他们的老子们一样，一上场就有一套，并不像一般

田寡妇看瓜

老实人们，有什么心思都带在脸上。他们连商量也不用商量，一见聚宝这个老冤家，就知道用什么法子对付，因为在年头腊月他们就是用这种法子对付过好多对他们有意见的人，结果取得很大的胜利。他们的法子，就是灌米汤，说软话，叫几声"大爷""大叔""大哥"，送一些小礼物小人情，把人弄得不好跟他们当面破脸皮，把一场斗争弄成了个"水过地皮湿"，有那么一回来就算了。这次一见聚宝，自然无须商量，就拿出那一套老法了。

继圣打发走了换盐的孩子，掉过头来笑嘻嘻向聚宝说："大爷！真想不到还能见上你！"说着站起来把脸凑近聚宝的脸，好像说什么秘密话一样，低低地说："大爷！先喝一壶吧！"又转向喜宝说："喜宝哥！先去炒一盘鸡蛋！"喜宝答应着去了，继圣不等聚宝答话，就拿起酒壶来到酒坛边灌酒。

聚宝赶紧起来按住他的手说："不不不！这几年闹咳嗽，一盅也不能喝！"继圣仍是要灌，聚宝坚决不让，也只好罢了。喜宝拿了个炒锅进来舀油，继圣说："算了！人家大爷不喝！"喜宝又让了一会儿，结果仍是不喝。

其实聚宝很好喝盅酒，虽然老了还没有断过，只是人不对劲不喝，勉强喝起来一喝就醉，醉了马上就要闹起来。他才回到村里，不想先闹这一手，因此坚决不喝。他两人见他实意不喝，也就不再让下去，四个人又重新坐好。

继圣说:"大爷呀!你这十几年算是运气好,没有在家,咱村里可真是遭了大难了!敌人又扰乱,又闹灾荒,实在死了些人了呀!像你们这老一辈的人,真没有几个了!"接着把五十岁以上的人,死的活的都数了一遍,末了又夸赞了一遍聚宝的运气好。他说这一大段话的用意是叫聚宝再不要把那次离开家乡的事放在心上,好像说:"幸亏那年我爹把你赶走,你才免了这场大难,要不一定是已经死了。"他一边说一边看喜宝,喜宝早就觉着他这段话说得很得劲,笑着向他点头,又把这十来年的灾难更详细地补充了好多。他们两个虽然有一番用意,聚宝却只当作平常话来听,因为聚宝在这十几年来经过的灾难并不比他们少。他们满以为聚宝听了他们的话,一定很吃惊,一定要再向他们细问端底,不想聚宝听了,只说了一声"到处都一样",把他们原来的用意弄得落了空。

继圣要跟谁故意亲热起来,有一套大本领,就是话头拉不断,一点儿也不至于叫人看出空子来。他见聚宝说了个"到处都一样",也就把话头一转说:"是吗?那边也是这样吗?那么咱们都是死里逃生的人了。唉!在这些年头,咱们这些逃过劫来的人,能碰到一处,真是难得呀!"

他正预备再往下说,轰隆轰隆走进许多人来,老的也

有，小的也有，七嘴八舌，一齐向聚宝打招呼，聚宝答应
不过来，只好站在柜台后点着头向大家打"啊啊"。原来
这时候天快黑了，有个互助组从地里回来经过合作社门
口，听说聚宝回来了，就都来看望。接着别的人们也陆续
跟进来，把个合作社柜台前边挤得满满的，门里门外都是
人。原来这聚宝是个好拉好唱的老孩子头儿，听说他回来
了自然都要来看看他。

后来进来个老太婆——是老张老婆，铁则他娘——端
了一升麦子，大家给她让开路。她慢慢走到柜台边，把升
往柜台上一放说："要一条鞋沿口，买五寸白布，买点麻，
买点盐，买点……"继圣截住她的话说："算了算了！一
升麦早就不够了！你光说买点这个买点那个，你就不知道
一升麦价多少钱，你要买的那些东西值多少钱？"老张老
婆说："我不知道，凭你算吧！"继圣向大家说："你们都
看看这生意怎么做？拿了一升麦，就念了那么一大堆东
西！凭我算怎么能算得够呀？"又捏起一颗麦来咬了一咬
说："麦子又这么湿！"又向老张老婆说："这只够买白布
跟鞋沿口，余也余不下几个！"老张老婆说："够什么就
买什么吧！"宝三用柜上的升去量麦，聚宝问："这是老
张嫂吗？"老张老婆自进了合作社门半天还没有抬头，听
得有人跟她说话，这才抬起头来。她一看见聚宝，认了一
大会儿也认不准，慢腾腾地冒叫声"聚宝？"她虽是这样

叫了，却还不知道确实是不是，等到聚宝答了话，她才知道没有认错，就接着说："唉！你还在？"聚宝说："在！你也还？老张哥也还在？"老张老婆说："在！唉！可不是还在吧，死了谁受啦？"聚宝说："不是翻了身了吗？"老张老婆说："唉！翻不翻吧！我看都不差什么，反正咱这命还不是活到老受到老？"继圣本来才把五寸布给她撕下来，还没有给她拿出鞋沿口，听她说到翻身的事，不愿意再听她说下去，就打断了她的话，问她："余下的钱还是要盐，还是要别的？"她听了这一问，就把与聚宝说的话截住，向继圣说："还能买多少麻？"继圣说："能买一两。"她说："一两麻也不济事，那就买成盐吧！"继圣也没有再说什么，叫宝三给她称了盐，她又与聚宝应酬了几句就去了。

打发走老张老婆，宝三拔开笔去记账，继圣向大家说："你们看这生意怎么做？一升麦就得出好几笔账：又要人卖货钱，又要出买麦钱，麦价又不能一样，干啦、湿啦、好啦、坏啦，看麻烦不麻烦？"他这样议论着，大家竖起耳朵听，不知道是谁也跟着说："可也真是麻烦事。"他见他的话大家注了意，又有人同意，就索性丢开聚宝扭过头来又向大家说下去。他说："不干什么不知道什么难干：拿一升麦，换好几样东西，你说不给换吧，三厘两毫都是个东家，给换吧，赚的钱不够记账的纸钱：到每期结账时候，大家都嫌赚的钱少，不想一天尽做这种生意，怎么会赚了钱？"听话的人，跟在台下听讲一样，都只是瞪着眼睛听，都觉着人家比自己想得透彻。

聚宝对继圣的话不同意：他在别的合作社入过股，见人家柜上的生意并不比这个不麻烦，可是每期结账以后分的红并不少。在继圣说话时候，他预备插几句话，因为不了解村里过去的情形，也就算了。

他本来是来找满土给他找房子，可是一进来就被继圣他们几个人麻烦住，听了半天虚情假意的亲热话。他早就觉着没味，可也走不脱，最后见继圣对老张老婆的态度那样坏，还要强造出一大段高明的道理来，给村里人上课一样吹了半天，实在是越看越不顺眼，好在村里人也都来看自己，才把这些闷气解了些。他觉着这会儿是走的时候了，再迟了怕继圣再说起什么亲热话来，因此便向满土说："看我这记性多么坏！我来找你说甚啦，就扯起闲话来忘了，我那房子塌了，请你给找个住处暂且住几天。我到你家里去了，家里说你在这里……"

还没有等满土张口，继圣的亲热就又出口了。他说："那容易！房子有的是，村里人死的死了逃的逃了，哪个院子里也有闲房子！依我说呀！你也不用找房子了；咱合作社后院那西楼上闲闲地只放了几包棉花，你就在那上边住也不用起火，合作社里给你带做点饭，不省得每天麻烦吗？"聚宝对这一套已经听够了，赶紧向他摇着手说："不不不！我一个人清静惯了，还是找个地方好！"接着赶紧向满土说："怎么样？村长？"满土说："行！你想清静一点儿，就住我那后院吧，那里边只有小管他们父子两个。"聚宝说："好！我就去吧，住哪个房子？"满土说："我也要回去了，让我跟你去！"聚宝说："那也好。"说着就从地上提起他的行李，有个青年去说："我给你送去！"说着就从聚宝手里抢过行李背在自己肩膀上。聚宝和满土跨出柜台，跟着送行李的青年去了，别的人们也有跟着去问长问短的，也有回家吃晚饭的，陆陆续续都走了，合作社只留下继圣、喜宝和宝三。继圣说："看那劲儿恐怕还想找麻烦吗？"喜宝说："你说得对！这人可真难接近，不论说什么他也不理咱的茬，越赶越远！我看你回去还得问一问大爷怎么办好！"继圣说："走着看吧，对这种人，我爹他能有什么主意？唉！到这种年头见什么忘八吹鼓手都得磕头！"宝三只是顺着他们哼哼了几句。

　　聚宝到了满土的后院，铁则父子们已经吃起饭来了，又跟他们应酬了一会儿，满土说："你也不用做饭了，先在我那里吃上顿，明天我好给你借些锅碗家具你再起火！"聚宝见他是实意，也就不客气跟他到前院来。在吃饭以前，聚宝问起村里的斗争情形，满土说："咱村做得很平和，比邻近各村都好！"接着就数了一下哪村打了谁，哪村封了谁的门，然后又说："咱村一点儿差子也没有出，虽然也斗了几户，都是自动拿出些地来，拿出些粮食来就算了。"

聚宝觉着满土这个青年人也很好，只是不赞成他说这"平和"。他想王光祖他们作了一辈子恶，大家对他们这样平和，还算什么"翻身"？只是他跑了多半天路，又应酬了半后晌，有点累了，也顾不得多想这事，胡乱吃了两碗饭，就去睡觉了。

五、打麦场上

满土给聚宝找的这座房子，也不热也不咬，聚宝一觉睡到明，还是小管他爹起来担水才把他惊醒。他起来正准备去找满土借锅碗，小胖就来找他。小胖说："聚宝大爷！有点要紧活不知道你能给我们做做不能？"聚宝问："做甚啦？"小胖说："我们这互助组用的是继圣和宿根两家的场子打麦。继圣家场里的辘轴坏了，宿根家的辘轴有点不正，想请你给洗一洗（就是再碰得圆一点儿）。"聚宝说："那怎么不能？咱是个干啥的？"小胖说："我是说你才回来该歇几天再做，可是今天就要用，我才来跟你商量。"聚宝说："可以可以！"他这样一答应，小胖便替他背起锤钻，引他到家里吃饭去。

吃过饭，小胖扛着杈子扫帚，聚宝背着锤钻，拿了一截高粱秆，相跟着往场里来。这块场子，和继圣家的场子紧靠着，都在继圣院的西房背后（就是当年王光祖一耳光打倒二和的那块场子）。场子上早有宿根、铁则、鱼则在那里摊麦子，继圣家场里有大和、二和弟兄两个也在那里摊麦子。这一天摊的麦子共是四家的：宿根场里是宿根和小胖两家的，继圣场里是继圣和老刘两家的。大和是给自己摊，二和是继圣的长工，给继圣家摊。小胖见大和把他自己的麦子摊在靠场边的一角上，顺路跟他说："你为什么那么客气？虽说是他家的场子吧，可是既在一个互助组，就有一份权利，不敢往中间摊一摊？"大和说："我不过四五担，趁个边就行了！"

说着就走到宿根家场里，聚宝把辘轴拉得转了几个滚，看了一看说："小头不差，大头差一点儿！"说罢，放下锤钻，把辘轴上的木框子打了，一脚蹬得滚到场边，双手掀住大头不慌不忙把它竖起来。年轻人们都夸他的力气大，他笑了一笑，打开皮包取出个锥子来贯在高粱秆上，用一个钻尖随着高粱秆的一头向周围一画，偏了一点儿，他指着这一边说："就差这么多！"然后把小头翻上来又画了一画，小头果然不差。画罢了，就把它放倒，拿起锤钻，砰砰破起来。大家见他比量好了，已经动开手，就都去摊麦子去了。

田寡妇看瓜

　　石匠碌起石头来，只是"砰！砰！……"一样声音响到底，可是就这样简单的声音，总能叫附近的人们听得有石匠。他才碌了一道线，就引逗出一个人来。这人也是他不愿意见的，却偏又是来找他扯淡。这人就是继圣的娘，虽然有五十以上年纪，看起来还只像二十来岁的人。近一年来王光祖吃过斗争以后，就不叫她穿新衣服了，可是她把旧衣服洗得很翠，捶得很平，衣服上折叠的痕儿，不论几时都不变样，都像是新从包袱里抖开的，好像她穿着衣服不只没有做过什么，就连坐也没有坐过，迟早是站着的，要是坐一下，一定会把裤子上的折缝弄得不那么周正。她是奉着王光祖的命令出来和聚宝联络联络的。头天晚上，继圣把聚宝回来的事报告给王光祖，王光祖觉着也不敢不理，可是也知道聚宝那干脾气很难说话，只好慢慢想法子。这一会儿，普通人家吃过了早饭，王光祖也正准备起床，忽然听得外边"砰""砰"的锤钻响，知道一定是聚宝给谁碌什么，就跟继圣他娘说："这不是聚宝给谁做活？你出去看一看吧！能说得他到咱家里来坐坐吃顿饭谈谈最好，不能的话，联络联络也有好处。"她就奉了这道命令出来了。场上自然没有她能坐的地方，靠着西南房的墙角站了一站，朝着聚宝，扯开她那细细的嗓子喊："聚宝哥！你几时回来？"聚宝听见有个怪声怪气的女人叫自己"哥"，一时想不起是谁，停住家伙向这墙角上看，后来认出来是她，已有几分不高兴，故意装作没有听清她的话，侧转头装作聋子样反向她叫了声"啊？"她见聚宝这样，以为她的话没有传到聚宝耳朵里，就又向前走。聚宝见她走来，就又低下头破起来，赶她走到离聚宝还有十来步远的地方，石头片就溅到她头上。她怕石头片溅到她眼里，赶紧倒退了两步，又把她前边说的那句话重说了一遍，聚宝连手也没有停，又向她看了一眼，故意装作才认出来的样子，仍然没有停手向她说："是你？我是夜里才回来的。找我有什么事吗？"她笑嘻嘻地说："也没什么事！继圣他爹痛得快不行了，听说你回来了，他想请你去坐坐！唉！自从你那次走了，继圣他爹可后悔死了！提起你来就说：'可不该把人家吓唬走了来！到外边倘或遇着什么灾难，不是咱把人家害了吗？'十几年了，常常打听，也打听不着你个消息……"她一直是这样亲亲热热往下说，聚宝只是连手也不停"嗯嗯啊啊"装聋，摊麦子的那伙年轻人在一旁挤眉弄眼地笑。

就在这时候，老驴挟了个扫帚跟跟跄跄出来了。这老驴比从前老得多了；头发胡须都白了一半多，脚手也笨了，走几步平路也要咳嗽喘气。虽说老了可还是那种穿黑衣保黑主的驴劲，一到了场里就先指东话西批评人家做得不对。他见大和跟二和两个人摊的麦子中间空了一道空场，就说："怎么不挨住摊？"大和说："边上这是我的！"

田寡妇看瓜

他仔细一看，才看出大和手里摊的麦比王光祖的麦低得多。他说："大和！你不要摊了，你们明天打吧，俺这是头场！（按这地方的迷信习惯，说第一场跟别人在一块打，就打少了）"大和说："俺这也是头场！"老驴说："知道！可是俺这场是有东家的呀！你去跟东家商量好，我可以不说啥！不然的话，我就要担错啦！"

继圣他娘正在那里跟聚宝亲热着，忽然听得老驴说不问东家就要担错，虽没有听见说的是什么事，可总知道是件要紧事，就撇开聚宝一扭一扭走过来打听。老驴见她来了，早想在她面前夸一夸自己的主张，只等她问了一句，就"不得不得"告诉了一大篇。她听了果然觉得老驴虑得是，就向大和说："大和！不是我要故意得罪你！我如今地少了，实在是不敢大意！这场子里的五谷爷可灵啦！你们还是明天打吧，那么一点儿麦怕打不了它啦？"二和不等大和答话就抢着说："哪有那些说处？该打多少只能打多少！"继圣她娘把嘴噘得长长的对着二和说："这孩子越长越不如从前了！我还没有你知道得多？"二和自从参加了农会之后，却也比以前胆大得多了，遇上了吃不下去的话也敢顶敢碰。他见继圣他娘这样大模大样来教训自己，也就冷冷地碰了她一句说："你知道吃上了不饥！"这一下可真把她碰恼了。她翻起两只白眼睛说："你说啥呀？再说说我听听？越长越不像样！我比你大一天来，也大着十二个时辰啦吧？"二和见她明明白白摆起老资格来，准备干脆把话说得更难听些，看她怎么样，就说："那是你自己长老了吧！"这句话，在这地方是一句不很轻的骂人话，原来应是这样说："那是你自己长老了吧，难道是谁把你 × 老了？"可是用的时候，都只说前半句，听的人自然就都知道是什么意思。继圣他娘听了这话如何受得了？她的脸一红，连耳朵脖子都成了红的，可是她反觉着没法应付了，因为她知道二和既能说出这话来，再摆什么老资格都不抵事，半天再没有说出句话来，看样子好像要哭，大和虽然也恨她，可是觉着二和这样骂也骂得重了些，就随口低低说了二和一句"唉！还可那样说？"继圣他娘碰了这个钉子，只后悔自己不该来和一个不三不四的长工比大论小，本来已经准备吃了这次冷亏算拉倒了，赶听了大和这句话，觉着连大和也不赞成他弟弟这样说，可见自己理直气壮，就大声发作起来。她说："我说你这孩子也不要得了一步进一步！我从你十来岁把你养活到这么大，不想把你养成龙了！……"

二和不等她往下说就插上话："伺候你十七八年，还没有跟你好好算账啦！"

"工钱不短你一个……"她仍然接着说下去。

"由你算还不是我倒欠你的啦！"二和也跟着顶。

"住我的房，种我的地……"

"哪一年打的粮食够给你？"

"欠下我的租不还，又亲自把你爹叫到我家把房和地白白地开明给你们……"

"那不是你们怕在斗争会上吃家伙？"

"我哪一条对不住你们……"

"你哪一条对得住我？"

"……"

"……"

她说一句二和顶一句，一点儿也不让，老驴跟大和两个人拦也拦不住，声音越来越高。

正吵嚷着，继圣他娘忽听背后有人气喘吁吁地说："×你娘趁你的什么啦？"她一听见，知道是王光祖出来了，赶紧撇开二和回头来看他，只见他装作快要死的样子——弓着腰，伸着脖，两只鞋底拖着地，双手拄着一根棍，说一句话喘半天，走一步晃几晃，要不是他的皮色和平常一样，谁也看不出他的病是装的。只见他断断续续地说："趁你的什么啦？你是嫌我死得慢啦！"继圣他娘才听他开口，正预备把事情交给他来处理，不想他除不先来问一问端底，就先说出埋怨的话来，不由得不跟他争辩着说："我嫌你死得慢啦？是人家嫌我死得慢啦！人家快把我顶死啦，还说我趁什么！"王光祖说："顶死你活该！这年头哪里是你的衙门？"继圣他娘说："人家连问也不

问一声，就把麦摊到场上……"王光祖说："对着啦！这
年头谁的是谁的？"继圣他娘说："你还没有听听人家二
和用什么话骂我。人家说：'是你自己长老了吧！'"王光
祖说："人家骂得对！这年头么？"

王光祖一个"这年头"，两个"这年头"说下去，就
逼起小胖的火来。小胖停住了摊麦，两只眼盯住了王光祖
说："老汉，这年头怎么样？"又向大和说："大和哥把麦
挑过咱这边场里来！我这头一场欢迎人多！这年头咱不
跟他互助！"

小胖是武委会主任，他一说了话，王光祖生怕弄出
事来，一句话也没敢回，继圣他娘赶紧解释着说："主任！
我不是说互助不好，我是说……"

小胖说："这年头我们就不跟你互助了！谁管你说好
不好？"

聚宝看见王光祖出来，已经够不顺眼了，又听他一个
"这年头"两个"这年头"说了许多不满意世道的话，恨
不得跑过来按住揍他一顿，只是插不进去，赶听到小胖说
了话，才觉着"这还像个样子"，正预备帮几句，一时还
想不到该从哪里插嘴。他打了个主意："不说是不说，说
就得给他个厉害叫他怕。"可是一时也找不到个适当的厉
害，就又碰起他的石头来。

就在这时候，老刘也挟了个扫帚到场里来。继圣他娘

田寡妇看瓜

正被小胖的话堵住嘴没有说的，见老刘来了，就转向老刘说："老刘你把你二和叫回去吧，我也再不敢用他了！他恨不得一句骂死我啦！"老刘一听，摸不着是什么事，心里一怔就站住步说："啊！"大和说："不住就不住吧！东家伙计，放着场子还不让凑用一下啦！"继圣他娘接住大和的话向老刘说："我不是不叫用，我说我今天打的是头场……"小胖接住继圣他娘的话也向老刘说："大爷不用跟她说了，把麦摊过这边来打，我这头场不怕人多！"老驴接着小胖的话也向老刘说："头场不头场吧，那都能商量，只是你二和骂的那个实在听不得！"二和接着老驴的话也向老刘说："爹！你不要光听他们的，我为什么不骂别人？"大家都向老刘说，老刘一时也听不懂是什么事，只按着他那"有理没理，先管自己"的老规矩骂二和："小杂种！你又跟人家掉什么蛋？"继圣他娘见老刘教训起二和来了，就又向老刘把"是你长老了吧"那句话念了一遍，老刘更认真地大声向二和骂："小杂种！你在哪里学这些骂人本事？"二和听着老刘这样骂，知道他是不愿意跟人家讲是非，想就这样骂自己几句作为了事，心里有些不服，就想把事情索性弄大一点儿叫他想了事也不能，因此就顺口又说了一句："哪里学的？放牛出身，骂牲口骂惯了！"继圣他娘说："二和！你也不用骂了，你来把我杀了吧？"老刘狠狠看了二和一眼说："你这小杂种反了！"

说着就从大和的手中夺出权来，来打二和，二和跑开了，小胖跑过来把老刘拦住。

小胖说："大爷你真是个老顽固！你也不问问谁是谁非，为什么就先说自己没理？"老刘说："这明明是他的不对么！他对着我还是这样骂人家，可见人家不是冤枉他了！"聚宝这时候再也撑不住气，也放下家伙跑过来向老刘说："不差！骂是确实骂来，该骂就得骂！又不是骂错了！"小胖也说："对！哪种病就得吃哪种药！"……

老驴趁老刘和小胖说话时候，就跑到王光祖跟前悄悄问王光祖："怎么样？就叫他那么摊吧？"王光祖也悄悄说："这年头，谁叫你管他们？一两场麦，完全不打一颗有什么关系？你们这些人呀！"说罢，摇了摇头，慢慢拄着他的棍子就回去了。

继圣他娘满以为有老刘在场，可以占个十分理，后来见小胖、聚宝都过来了，也就不敢再说什么。

老驴虽说在王光祖面前落了个多事，却也得了主意，就跑到老刘跟前来送人情："孩子家，说他几句就是了，哪里值得真正跟他动气？算了吧！咱们该做啥做啥吧！"

小胖不接老驴的话，却仍说出自己原来的意见："在一个互助组里连场也不叫用，还互助什么？我的意见是不要他们。大家这会儿就开个会研究研究！大家都来吧！二和！回来吧！开会啦开会啦！"铁则、鱼则、大和、二和、

田寡妇看瓜

宿根都来了。小胖说："关于今天这个用场问题，咱们先开个会。我先提出我的意见：'互助'是互相帮助啦，不是光叫咱帮助人啦。咱们跟继圣家互助，大家想想咱是怎样帮助了人家，人家帮助了咱些什么？以地说他家的地最多，以人说他家只有二和一个劳力和老李（就是老驴）半个劳动力。在地里做的话，就算还有个等价交换；晌午打场，谁也没有给谁算过工。大家想想：咱们是几家才合起来打一场，人家一家就要打好几场；咱们一、二、三、四、五、六，出六个人，人家出一个半人；可是咱们给人家白白服了务，连人家一个场边也不能用一用，这还互助个什么？以我说咱们从今天起不要他们，把以前的工资结算一下找清楚，大家赞成不赞成？"

聚宝说："对！这不是个正经理了？"

聚宝虽然赞成了，可惜他不是组里的人，连谁也不能代表。组里的人啦？除二和痛痛快快喊了一声赞成以外，其余的人马上都没有开口。二和见大家都不说，自己就又补充了几句说："我要是不给他住了，组里还要我不要？"小胖说："你回了你家那当然要！"老刘看了二和一眼，预备说话，又看了小胖一眼，可又不说了，仍然又都是静悄悄的。

除了二和，其余的人，各有各的想法：老刘觉着"咱一辈子没有得罪过人，如今老了自然更不该多事。再者，咱二和给人家住着，'吃人一碗，由人使唤'，如今除不由人家使唤，又骂得人家那么重，不向人家赔情已经是对不起了，哪里能再说什么？再者，人家打的是头场，咱连问也不问，就把麦子摊到人家场边，也实在不是个理！再者……"他越想越觉着自己理短，实在不能赞成小胖的意见，可是小胖是武委会主任，又不好直接说不赞成，因此一时没有话说。大和对小胖说的道理完全同意，知道自己跟继圣家来互助吃亏很大，可是真正要开除人家出组，他就又有些心软了。他觉着"说话知了就是了吧，何必真正要给人家弄个过不去啦？"可是这话说出来恐怕小胖不赞成，因此没有开口。铁则主张"不关己事不开口"，鱼则主张"多一事不如少一事"，因此也都没有开口。宿根本来是向着继圣家这一方面的，可是他爹李恒盛就是因为包庇王光祖吃过一次斗争，他如何还敢当着武委会主任的面再来包庇一下呢？因此也不敢开口。大家都不说话，自然就把个会场弄得静悄悄的。

老驴见是这样，便趁空子来做开解。他向小胖说："主任！你不要计较俺掌柜老婆的话！她那老脑筋，跟我一样，已经换不过来了。依我看，咱们不要管她说什么，咱们还是该怎做就怎做。咱们也不用管他头场不头场，老刘的麦已经摊开了，就那么打吧！"

老刘说："那我就沾光了！就那样吧！主任你看怎

么样?"

　　小胖本来很起劲,见老刘自己这样松,也觉泄了点气,就问大家说:"你们都为什么不说话呀?"又指着问大和、宿根、铁则、鱼则四个人,四个人的答话都一样,都说:"大家看吧!"聚宝看了半天,后来见大家这样,生了一口气说:"唉!照你们这样,一千年也翻不了身!"说了就又到场边破他的石头去了。

　　小胖也很生气地说:"我也是想叫大家出口气,怎么听大家的口气,好像只有我一个人不愿意?你们既然愿意吃人家的家伙,我有什么话说?只是我要声明:不论你们怎么样,我是不能跟他家互助了!我不能再去伺候他这一家!大家要是不愿意不要他们,你们再选小组长,我马上出组!"

　　正说着,忽然来了三个人。他们听见脚步响,抬头一看,是小囤、满囤和小管三个人在区上开会回来了。大家点过了头,小囤说:"小胖!走!马上开干部会!"小胖回过头来又向组里人说:"你们要是不愿开除他家。把我的麦给我挑起,我今天不打了!"老刘他们齐说:"不不!你要是顾不得,我们情愿替你打!"

　　小胖没有听他们下边说是啥,就跟小囤他们走了。

　　　　　　　　　　　　　　　　　　　　(未完)

小经理 ①

    小经理叫三喜，是村里合作社的经理。说他"小"，有三个原因，第一是他的年纪小，才二十三岁；第二是小村子的小合作社，只有一个经理和一个掌柜；第三是掌柜王忠瞧不起他——有人找掌柜谈什么生意里边的问题，掌柜常好说："不很清楚就回来问一问俺那小经理。"说了就吐一吐舌头做个鬼脸。

    这三喜从小就是个伶俐孩子，爱做个巧活：过年过节，搭个彩棚，糊个花灯，比别人玩得高；说个话，编个歌，都是出口成章，非常得劲；什么活一看就懂，木匠、石匠、铁匠缺了人他都能配手。村里人都说他是"百家子弟"。因为家穷，从小没有念过书，不识字，长大了不甘心，逢人便好问个字，也认了好多。不过字太多了，学起来跟学别的不一样，他东问西问，数起数来也认了好几

---

① 原载 1947 年 7 月 1 日《人民日报》，同年华北新华书店出版单行本。

田寡妇看瓜

百，可是一翻开书，自己认得的那些字都不集中，一张上碰不到几个。这是他最不满意的一件事。

三喜入共产党，只比他当经理早三天。这村是个自然村[①]，只有四个党员，算是一小组，附在行政村[②]的村支部。八月间，村里开斗争会，斗争合作社的旧经理张太，三喜出力不小，支部就把他收为党员。

原来这张太是个放高利贷起家的，抗战以前在村里开了个小杂货铺。说"杂货铺"只是个名，常是要啥没啥。卖的东西比集市上贵一半，没人买。张太根本不凭卖货赚钱，就凭的是放债。村里的穷人们，一到秋夏季和年关，都得到他铺里去送利，穷人们谈起家常话来，都说："穷就穷到那小铺里，把咱们的家当慢慢都给人家送进去了。"一到抗战时期，张太看见风头不对，把门一关，光收不放，几个月的工夫就把收得动的债都收回去。一九四二年实行减租减息，张太就只剩了一些收不起来的账尾巴，送了个空头人情，说"本利全让"，有些人还以为人家很开明，叫人家当本村合作社经理。人家当了经理以后，光人家一家的股本比一村人的股还多，生意好像又成了人家的，人家拣赚钱的买卖干，村里人仍是要啥没啥，村里人对这事不满意了好几年，直到去年八月才

————————

① 自然村，不设行政机构的较小的农户聚居点。
② 行政村，设有基层政权机构的村庄。

又翻起来。翻起这事来以后，三喜连党也睡不着，又是找干部，又是找群众，发动东家，发动西家：搜材料，找证据，讲道理，喊口号；天天有他，场场有他。赶斗倒了张太，共产党的小组长把三喜的积极活动情形报告了支部，支部就派这小组长去和他谈入党的话。这小组长才跟他一谈，他说："不是早就入了吗？"小组长还只当是别人已经介绍了他，就问他："是谁跟你谈的？"他说："我不是已经斗过张太了吗？"小组长说："斗张太怎么就算入了党？"他说："搞翻身不是共产党的主张吗？照着共产党的主张做事，怎么还不算共产党？"小组长听他这么说，知道他了解错了，才给他解释怎样才能算入党。解释完了问他入不入，他说："入入入，斗争了这么一回，连个共产党员也不算还行呀？"

"众人是圣人"。三喜自参加了这次斗争，共产党看起他来了，群众也看起他来了。张太一倒，合作社就得补选经理。头天晚上提起选经理这事，每个人差不多都想到三喜身上，第二天一开会，还没有讨论，就跟决定了一样，三喜一看这风色，一颗头好像涨得有笆斗大，摆着两只手说："不行。"可是也抵抗不住大家的"拥护"。他说："我不识字。"大家说："都不识字。"他说："我两口人过个日子，实在没工夫。"大家说："大家帮你生产。"他再没有说的。

田寡妇看瓜

　　说"不识字"，说"没工夫"，都只是表面上一个说法，实际上是他怕使用不了王忠这个掌柜。王忠这个人跟张太是一伙，伺候了张太半辈子（从张太开放债铺到后来当合作社经理，都是王忠当掌柜），村里人说张太是严嵩①，王忠是赵文华。这次斗张太，也捎带了王忠一下，不过生意是张太的，没有他的股本，他也只是穿黑衣保黑主，跟着张太得罪了许多人，自己也没有落下个什么，因此大家只叫他反省了一下，没有动他的产业，还叫他当合作社掌柜。大家虽是这样决定了，三喜的思想上一时转不过弯来，总不想跟这"赵文华"共事。再者三喜自己也不懂生意，又要向王忠领教，又怕受王忠的捉弄，因此不敢领这个盘。

　　大家选起他来以后，他去向支部提出困难，支部说："群众既要你当，你就该克服困难，起模范作用。"他说："我干不了。"支部说："你看谁比你强些？"他想想，没有。他说："恐怕跟王忠合不来。"支部说："你看换上谁合适就可以聘请谁。当经理有这个权。"他想想，也没有——村里识字的太少，没有担任别的工作的，还只有一个王忠。说个半天，还得自己跟王忠干。

　　三喜一上了任，王忠果然跟他捣蛋，王忠的思想也转

———————————

① 严嵩，明代奸臣。

不过弯来：第一，他虽做过了反省，可是只做了个样子，没有想到张太得利他惹人是件不合算的事——没有想到他是给张太当了半辈子狗，只是觉着张太是他的老主人，张太倒了他再干下去对不住张太，可是又怕群众说他仍然跟张太是一伙，又不敢不干。干着却实在是一肚子不满。第二，他觉着他自己要比三喜强一万倍，如今叫三喜当经理他当掌柜，实在有点不服劲，总想看三喜的笑话。三喜上任这一天，叫把他以前那一段结算结算，交代一下。这在他本来是极容易的事，可是他偏不按平常结算的办法来结算，事事叫三喜出主意。三喜说点什么货，他就点什么货；三喜说算哪宗账，他就算哪宗账。三喜总算是聪明人，应想到的项目差不多也都想到了，结算得也还差不多，只是手续上不熟练，磨了好几倍的洋工。

　　他觉着王忠这人果然不好对付，跟支部说了几回，支部叫他慢慢说服教育。可是天呀！王忠哪能把他的话放在心里呢？他为这个着实发了几天愁，后来想着只有把合作社这一套弄熟了，才能叫王忠老实一点儿，从此便事事留心，有个把月工夫，却也摸着了好多，只可惜自己识字太少，账本上还得完全靠王忠。

　　要学账，就得跟王忠学，他想要跟王忠说这话，王忠越发要拿一拿架子，因此他决定不在王忠面前丢这人，等王忠不在的时候，自己翻开账本偷偷地学。王忠晚上在家

田寡妇看瓜

里睡，每天晚上过了账点了钱，就把门一锁回去了。他觉着这是个好机会，就跟王忠说合作社晚上不可没人，自己要到里边看门，王忠就把钥匙交了他。他当王忠每天晚上回去之后，就关起门来翻开账本研究，因为白天留过心，晚上还能慢慢看出点道理来。比方说白天入了一百二十五斤盐，晚上找着了一百二十五斤这个码，就能慢慢找出哪一个是"盐"字来。起先只是认字和了解账理，后来又慢慢学着写——把账本上的字写到水牌①上，写满了就擦，擦了又写，常是半夜半夜不睡觉。

有一晚上，他正在水牌上练习一个"酱"字，写了半水牌"酱"，有人在外面打门，开开门跑进个女人来，是他老婆。他问："你半夜三更来做什么？"老婆说："来找你！你怎么白天白天不回去，晚上晚上不回去？家里就没有事了吗？"他说："有什么事？家里少你的什么？"老婆说："什么也不少，就是少你！"他说："不要闹，快回去吧！我还有事啦！"老婆是个年轻娃娃，不听他的，只是跟他嚷："不，今天晚上你不回去我就不走！"说着就去夺他手里的笔。他把笔举得高高的，笑着说："我是顾不上回去，你不走不会也住下？"他本来是说玩话，老婆可不客气地跟他说："你说我不敢？住下就住下，里边又没

---

① 水牌，挂在墙上暂记账目的油漆小木牌。

别人！"说着就躺到他床上，赌气说："不走了！"他没法，只好关住门；可是"酱"字还没学好，又坐上写起来，直写到和王忠写得差不多才睡。

半年工夫，账本上用的那几个字他学了个差不多。心里有了底，说话就硬一点儿，对王忠迁就得就少一点儿。王忠有点不高兴，就装起病来，一连三天没到合作社。到了第四天，他去看王忠，明知道病是装的，却也安慰了一番，说："你慢慢养着吧，不要着急，合作社的事情我暂且招呼几天！"王忠见他不发急，也莫名其妙，心想："我且装上半个月，看你怎么办？"可是真正装了半月，也不见三喜发急，自己反而沉不住气，摇摇摆摆到合作社去看。

王忠一进合作社，三喜装得很正经地说："好些了吗？这几天忙得也没顾上去看你！"他也客气了几句就坐下了。他一坐下就想看看三喜这半月来在账上闹了些什么笑话，顺手翻开了流水账，三喜还说："你歇歇吧，不要着急！才好些，防备劳着了！"他一看这本账先吃了一惊。他看见这账上不止没有多少错字，连那些粮食换货物，现钱和赊欠……一切很复杂的账理，一项也没有弄错。又翻了翻另外几本，也都一样，要说跟自己有差别的话，只是字写得没有功夫些。这一下他觉着以后再不敢讲价钱了，再要捣蛋就得滚蛋，滚出去便再没有个干的了

（这合作社的经理是义务职，掌柜却是薪水制），他踌躇了半天，才搭讪着说："我这一病就累你半月，心里急得很，只是病到身上由不得人，这会儿才算好了，我明天搬来吧！"三喜仍然很正经地跟他说："你看吧！不敢勉强，身体要紧！"

自此以后，王忠果然老实了：三喜吩咐他干啥，他跟从前张太吩咐下来一样，没有什么价钱可讲，每到一个月头上，不等三喜说话就先把应结算的算出来……三喜见他转变了，对他反而又客气好多，他也觉着比在张太手下还痛快。

三喜把改造王忠这事报告支部，是支部搞立功运动的时候，就给他记了一大功。

一九四七年

1948 年

邪不压正 [1]

一、"太欺人呀!"

一九四三年旧历中秋节,下河村王聚财的闺女软英,跟本村刘锡元的儿子刘忠订了婚,刘家就在这一天给聚财家送礼。聚财在头一天,就从上河村请他的连襟来给媒人做酒席,忙了一天,才准备了个差不多。

十五这天,聚财因为心里有些不痛快,起得晚一点儿。他还没有起来,就听得院里有人说:"恭喜恭喜! 我来帮忙!"他一听就听出是本村的穷人老拐。

这老拐虽是个穷人,人可不差,不偷人不讹诈,谁家有了红白大事(娶亲、出丧),合得来就帮个忙,吃顿饭,要些剩余馍菜;合不来就是饿着肚子也不去。像聚财的亲

---

[1] 原载于 1948 年 10 月 13、16、19、22 日《人民日报》。同年由冀南和太岳新华书店出版单行本。

田寡妇看瓜

家刘锡元，是方圆二十里内有名大财主，他偏不到他那里去；聚财不过是个普通庄户人家，他偏要到他这里来。他来了，说了几句吉利话，就扫院子、担水，踏踏实实做起活来了。

聚财又睡了一小会，又听他老婆在院里说："安发！你早早就过来了？他妗母①也来了？——金生！快接住你妗母的篮子！——安发！姐姐又不是旁人！你也是恓恓惶惶的，贵巴巴买那些做甚？——狗狗！来，大姑看你吃胖了没有？这两天怎么不来大姑家里吃枣？——你姐夫身上有点不得劲，这时候了还没有起来！金生媳妇！且领你妗母到东屋里坐吧！——金生爹！快起来吧！客人都来了！"聚财听见是自己的小舅子两口，平常熟惯了，也没有立刻起来，只叫了声："安发！来里边坐来吧！"安发老婆跟金生媳妇进了东房，安发就到聚财的北房里来。

这地方的风俗，姐夫小舅子见了面，总好说句打趣的话。安发一进门就对着聚财说："这时候还不起！才跟刘家结了亲，刘锡元那股舒服劲，你倒学会了？"聚财坐起来，一面披衣服，一面说："伙计！再不要提这门亲事！我看我的命终究要送到这上头！"安发见他这么说，也就正经起来，坐到床边慢慢劝他说："以前的事不提他吧！

---

① 妗母，即舅母。

好歹已经成了亲戚了！"聚财说："太欺人呀！你是没有
见人家小旦那股劲——把那脸一洼（凹）：'怎么？你还
要跟家里商量？不要三心二意了吧！东西可以多要一点
儿，别的没有商量头！老实跟你说：人家愿意跟你这种人
家结婚，总算看得起你来了！为人要不识抬举，以后出了
什么事，你可不要后悔！'你也活了三四十岁，你见过这
样厉害的媒人？"安发说："说他做甚？谁还不知道小旦
那狗仗人势？"聚财说："就说刘家吧，咱还想受他那抬
举？我从民国二年跟着我爹到下河来开荒，那时候我才
二十，进财才十八，人家刘家大小人见了我弟兄们，都说
'哪来这两个讨吃孩子？'我娶你姐那一年，使了人家十
来块钱，年年上利上不足，本钱一年比一年滚得大，直到
你姐生了金生，金生长到十二，又给人家放了几年牛，才
算把这笔账还清。他家的脸色咱还没有看够？还指望他抬
举抬举？"安发说："你那还算不错！你不记得我使人家
那二十块钱，后来利上滚利还不起，末了不是找死给人家
五亩地？要不我这日子能过得这么紧？唉！还提那些做
甚？如今人家还是那么厉害，找到谁头上还不是该谁晦
气？事情已经弄成这样，只好听天由命，生那些闲气有什
么用？"……

　　金生媳妇领着安发老婆和狗狗进了东房，见软英脸
朝着墙躺着。金生媳妇说："妹妹！不要哭了！你看谁来

了？"软英早就听得是她妗子，只是擦不干眼泪，见她妗子走进去了，她只得一面擦着泪一面起来说："妗妗！你快坐下！妗妗！你看我长了十七岁了，落了个什么结果？"安发老婆说："小小孩子说得叫甚？八字还没有见一撇，怎么就叫个'结果'？该是姻缘由天定，哪里还有错了的？再说啦，人没有前后眼，眼前觉着不如意，将来还许是福，一辈子日子长着哩，谁能早早断定谁将来要得个什么结果？"聚财老婆也跟到东房里来，她说："他妗妗！你好好给我劝一劝软英！这几天愁死我了：自从初三那天小旦来提亲，人家就哭哭哭，一直哭到如今！难道当爹娘的还有心害闺女？难道我跟你姐夫愿意攀人家刘家的高门？老天爷！人家刘锡元一张开嘴，再加上小旦那么个媒人，你想！咱说不愿意能行？"……狗狗见他们只谈正经话，就跑到外边去玩。

东房里、北房里，正说着热闹，忽听得金生在院里说："二姨来了？走着来的？没有骑驴？"二姨低低地说："这里有鬼子，谁敢骑驴？"听说二姨来了，除了软英还没有止住哭，其余东房里北房里的人都迎出来。他们有的叫二姨，有的叫二姐，有的叫二妹；大家乱叫了一阵，一同到北房里说话。狗狗见二姨来了，跑回来问："二姑！给我拿着落花生没有？"二姨说："看我狗狗多么记事？两年了你还记着啦？花生还没有刨，等刨了再给你拿！"

狗狗听说没花生，又跑出去了。安发说："二姐两年了还没有来过啦！"聚财老婆说："可不是？自从前年金生娶媳妇来了一回，以后就还没有来！"二姨说："上河下河只隔十五里，来一遭真不容易！一来没有工夫，二来（她忽然把嗓音放低）这里还有鬼子，运气不对了谁知道要出什么事情？"安发老婆说："那也是'山走一时空'吧（狼多的地方好说这句迷信话，意思就是说不怕狼多，只要你不碰上就行）！这里有日本鬼，你们上河不是有八路军？那还不一样？"二姨说："那可不同！八路又不胡来。在上河，喂个牲口，该着支差才支差，哪像你们这里在路上拉差？"安发老婆说："这我可不清楚了！听说八路军不是到处杀人，到处乱斗争？怎么又说他不胡来？"金生说："那都是刘锡元那伙人放的屁！你没听二姨父说过？斗争斗的是恶霸、汉奸、地主，那些人都跟咱村的刘锡元一样！"二姨说："对了对了！上河斗了五家，第一家叫马元正，就是刘锡元的表弟，还有那四户也都跟马元正差不多，从前在村里都是吃人咬人的。七月里区上来发动斗争，叫村里人跟他们算老账，差不多把他们的家产算光了！斗争就是斗那些人。依我说也应该！谁叫他们从前那么霸气？"金生媳妇说："八路军就不能来把咱下河的鬼子杀了，把刘锡元拉住斗争斗争？"二姨问："刘锡元如今还是那么霸气？"聚财说："不是那么霸气，就能硬逼住咱闺女许给人家？"二姨说："我早就想问又不好开口。我左思右想，大姐为什么给软英找下刘忠那么个男人？人家前房的孩子已经十二三了，可该叫咱软英个什么？难道光攀好家就不论人？听大姐夫这么一说，原来是强逼成的，那还说什么？"聚财老婆说："你看二妹！这还用问？要不是强逼，我还能故意把闺女往他刘家送？"说着说着就哭起来。二姨说："大姐！心放宽点吧！话已经跟大家展直了，后悔还有什么用处？只怨咱软英长得太俊，要像高楼院疤莲，后崖底瞎秀，管保也没有这些事情。"安发老婆说："人没前后眼。早知道有这些麻烦，咱不会早给帅闺女找个家打发出去？"聚财老婆说："生是你姐夫三心二意把事情耽搁了，去年人家槐树院小宝他娘，央着元孩来提，你姐夫嫌人家里没甚……"聚财一听他老婆说起这个就要生气。他说："再不要说这个吧？这个事算坏到我一个人身上行不行？"大家见他生了气，都劝了他几句，他仍然赌气到套间里去睡。安发跟着他走进去，跟他拉着闲话，给他平气。外间里，金生媳妇早忙着去院里烧火，只留下三个老婆。聚财老婆悄悄说："看你姐夫那脾气！明明是他耽误了事，还不愿意叫人说着！我看嫁给人家槐树院小宝也不错！"安发老婆说："孩子倒是个好孩子，又精干又漂亮，不过也不怨大姐夫挑眼儿，家里也就是没甚。"聚财老婆说："咱金生在刘家放牛那几年，人家小宝也在刘家打杂，两个孩子很合得来。人家小宝比我金生有出息，前年才十八，就能给刘家赶两个驮骡。人家跟咱金生是朋友。闲了常好来咱家里来，碰着活也做，碰着好饭也吃，踏踏实实，跟咱自己孩子一样。"她说到这里，更把嗓子捏住些说："这话只能咱姐妹们说，咱软英从十来岁就跟小宝在一块打打闹闹很熟惯，小心思早就在小宝身上。去年元孩来提媒，小东西有说有笑给人家做了顿拉面，后来一听你姐夫说人家没甚，马上就噘了噘嘴嘟噜着说：'没甚就没甚吧！我爷爷不是逃荒来的？'"

聚财的兄弟进财、金生、老拐，踢踢踏踏都到北屋里来，把三个老婆的闲话打断。进财看了看桌子说："还短一张。金生！你跟老拐去后院西房抬我那张桌子来！"他们抬桌子的抬桌子，借家具的借家具，还没有十分准备妥当，小狗就跑回来报信，说刘家的送礼食盒①，已经抬出来了。老拐、进财、金生都出去接食盒，安发穿起他的蓝布大夹袄去迎媒人。

媒人原来只是小旦一个人，刘家因为想合乎三媒六证那句古话，又拼凑了两个人。一个叫刘锡恩，一个叫刘小四，是刘锡元两个远门本家。刘锡元的大长工元孩，挑着一担礼物盒子；二长工小昌和赶驮骡的小宝抬着一架大

---

① 送礼食盒，纳聘时盛放礼品的器具，一般系木制，高3尺，长4尺，分4层，分别盛放各种礼品。

田寡妇看瓜

食盒。元孩走在前边，小宝、小昌、锡恩、小四，最后是小旦，六个人排成一行，走出刘家的大门往聚财家里来。安发的孩子狗狗，和另外一群连裤子也不穿的孩子们，早就在刘家的大门口跑来跑去等着看，见他们六个人一出来，就乱喊着"出来了出来了"，一边喊一边跑，跑到聚财家里喊："来了！来了！"金生他们这才迎出去。

不知道他们行的算什么礼，到门口先站齐，戴着礼帽作揖；进财和金生接住食盒，老拐接住担子，安发领着三个媒人，仍然排成一长串子走进去。

客人分了班：安发陪着媒人到北房，金生陪着元孩、小昌、小宝到西房，女人们到东房，软英一听说送礼的来了，早躲到后院里进财的西房里去。

安发是个老实人，只会说几句庄稼话，跟小旦应酬不来，只好跟锡恩、小四两个人谈谈哪块谷子打了多少，哪块地里准备种麦子。小旦觉着这些话听来没趣味，想找个地方先过一过烟瘾。他走进套间里去，见聚财搭着个被子躺在床上。聚财见他进去，坐起来掩了掩怀，很客气地向他说："老弟！我今天实在对不起，有点小病，身上冷得不行，不能陪你们坐坐……"小旦看见不是个抽大烟的地方，说了句"没关系，你躺着吧"，就出来了。他好像下命令一样跟安发说："安发！先给我找个过瘾地方！"安发说："饭快了！先吃饭吧？"小旦说："我这吃饭很扯

094

淡,饭成了给我端一碗就行,还是先过过瘾!"安发见他这么说,就答应他说:"可以!"随着走到门边喊:"进财!"进财来了,他向进财说:"叫小旦哥到你后院里过瘾吧?"进财也只得答应着,领着小旦往后院走。这时候,忽然又听得聚财老婆在东房里喊:"进财你来!"进财又跑到东房门边。聚财老婆对住他的耳朵说:"就叫他到你北房里吧!可不要领到西房里去,咱软英躲在你西房里。"进财点了点头,领着小旦去了。

小旦走了,说话方便得多。你不要看锡恩和小四两个人是刘锡元的本家,说起刘锡元的横行霸道来他们也常好骂几句,不过这回是来给刘家当媒人,虽然也知道这门亲事是逼成的,表面上也不能戳破底,因此谁也不骂刘锡元,只把小旦当成刘锡元个替死鬼来骂。小旦一出门,小四对着他的脊背指了两下,安发和锡元摇了摇头,随后你一言我一语,小声小气骂起来——这个说:"坏透了。"那个说:"一大害。"……各人又都说了些小旦讹人骗人的奇怪故事,一直谈到开饭。

东房里都是几个女人,谈得很热闹,可没有什么正经话——说起谁家闺女好、谁家媳妇坏,就嘻嘻哈哈地;说起上河八路军长、下河鬼子短,就悄悄密密地。

西房谈的另是一套。金生问:"元孩叔!你这几年在刘家住得怎么样?顾住顾不住(就是说能顾了家不能)?"

田寡妇看瓜

元孩说："还不跟你在那里那时候一样？那二十块现洋的本钱永远还不起，不论哪一年，算一算工钱，除还了借粮只够纳利。——嗳！你看我糊涂不糊涂？你两家已经成了亲戚……"金生说："他妈那 × ！你还不知道这亲戚是怎么结成的？"小宝说："没关系！金生哥还不是自己人？"小昌说："谁给他住长工还讨得了他的便宜？反正账是由人家算啦！金牛你记得吧，那年我给他赶骡，骡子吃了三块钱药，不是还硬扣了我三块工钱？说什么理？势力就是理！"

各个房里的人都喝着水谈了一会儿闲散话，就要开饭了。这地方的风俗，遇了红白大事，客人都吃两顿饭——第一顿是汤饭，第二顿是酒席。第一顿饭，待生客和待熟客不同，待粗客和待细客不同——生客细客吃挂面，熟客粗客吃河落①。三个媒人虽然都是本村人，办的可是新亲戚的事，只能算生客，上的是挂面。元孩小昌小宝虽然跟媒人办的是一件事，可是这三个人早已跟金生声明不要按生客待，情愿吃河落。其余的客人，自然都是河落了。小旦在后院北屋里吸大烟，老拐给他送了一碗挂面。

吃过第一顿饭以后就该开食盒。这地方的风俗，送礼

————————————

① 河落，饸饹，北方一种杂粮面食。

的食盒，不只光装能吃的东西，什么礼物都可以装——按习惯：第一层装的是首饰冠戴，第二层是粗细衣服，第三层是龙凤喜饼，第四层是酒、肉、大米。要是门当户对的地主豪绅们送礼，东西多了，可以用两架三架最多到八架食盒。要是贫寒人家送礼，也有不用食盒只挑一对二尺见方尺把高的木头盒子的，也有只用两个篮子的。刘家虽是家地主，一来女家是个庄稼户，二来还是个续婚，就有点轻看，可是要太平常了又觉有点不像刘家的气派，因此抬了一架食盒，又挑了一担木头盒子，弄了个不上不下。开食盒先得把媒人请到跟前。聚财老婆打发老拐去请小旦，老拐回来说："请不动！他说有两个人在场就行！"锡恩和小四说："那就开吧！"按习惯，开食盒得先烧香。金生代表主人烧过了香，就开了。开了食盒，差不多总要吵架。这地方的风俗，礼物都是女家开着单子要的。男家接到女家的单子，差不多都嫌要得多，给送的时候，要打些折扣。比方要两对耳环只送一对，要五两重手镯，只给三两重的，送来了自然要争吵一会儿。两家亲家要有点心思不对头，争吵得就更会凶一点儿。女家在送礼这一天请来了些姑姑姨姨妗妗一类女人们，就是叫她们来跟媒人吵一会儿。做媒人的，推得过就推，推不过就说"回去叫你亲家给补"，做好做歹，拖一拖就过去了。

聚财家因为对这门亲事不情愿，要的东西自然多一点儿。刘家就是一件东西也不送，自然也不怕聚财改口，可是他也不愿意故意闹这些气——东西自己都有，送得去将来把媳妇娶到手，一件一件又都原封带回来了，不是个赔钱事，因此也送得很像个样子。像要了两对金耳环两对金戒指，每样都给了一对金的一对银的，只有金手镯没给，给了一对镀金的。绸缎衣服一件也不少，不过都是刘忠前一个老婆的，要给软英穿，都窄小一点儿。不论好歹吧，女家既然有气，就要发作发作：聚财老婆看罢了首饰和衣服，就向锡恩和小四说："亲家送给的这些衣服，咱也没见过大世面，不敢说不好，可惜咱闺女长得粗胖一些，穿不上。首饰的件数也不够，样子也都是前二十年的老样，没有一件时兴货。麻烦你们拿回去叫亲家给换换！"话虽然很和软，可是里边有骨头，不是三言五句能说了的事。锡恩岁数大一点儿，还能说几句，就从远处开了口。他说："聚财嫂！亲戚已经成亲戚了，不要叫那一头亲戚太作难。你想：如今兵荒马乱的，上哪里买那么多新东西？自然是有甚算甚。这不过是摆一摆排场吧，咱闺女以后过了门，穿戴着什么你怕没有啦？哪件不合适，咱家的闺女就是他家的媳妇，他能叫咱闺女穿戴出去丢他的人？"他还没有说完二姨就接上话。二姨说："你推得可到不近！他刘家也是方圆几十里数得着的大财主，娶得起媳妇就做不起衣裳、买不起首饰？就凭以前那死鬼媳妇穿戴过的东西顶数啦？"安发老婆也接着说："不行！我外甥女儿一辈子头一场事，不能穿戴他那破旧东西！"进财老婆拿着镀金镯子说："旧东西也只挑坏的送！谁不知道刘忠前一个老婆带着六两重的金镯子？为什么偏送这镀金的？"金生媳妇也说："这真是捉土包子啦！他觉着我们这些土包子没有认得金银的！"其实这几个女人们还只有她们两个见过金首饰，不过也没有用过，也不见得真认得，只是见这对镯子不是刘忠前一个老婆胳膊上那一对，并且也旧了，有些地方似乎白白地露出银来，因此才断定是镀货。

锡恩和小四看见事情不好下台，就往小旦身上推。锡恩说："原来开单子要东西，都是小旦一手办的，要了多少，应承了多少，我两人都也摸不清楚。"安发说："单是我开的，那倒没有错！"小四说："还是请人家小旦来吧！"聚财老婆说："请他就请他！就是他说多要点东西，不答应就不行！许亲不许亲已经不由我了，要东西还不叫由我，那样只有他刘锡元活的了！老拐你再到后院里请小旦来！"老拐说："咱请不动！"小四说："小宝！你去一下吧！"小宝就去了。

小宝不知道小旦在北房，进财一向就在西房住，因此他就一直跑到西房里来。他正去叫"小旦叔"，忽然看见是软英。软英脸朝墙躺着，听见有人走得响，一翻身正要往起爬，看见是小宝，就又躺下去，说了声："你？我当是谁来！"小宝低声说："婶婶叫我找小旦！"软英用嘴指着说："在北房里！"小宝扭转头正往外走，软英又叫住他说："一会儿你来，我跟你说句话！"小宝点了点头就去北房叫小旦。这时候，小旦的大烟已经抽足了，见小宝说外头有事，非要他不行，他就嘟嘟念念说："女人们真能麻烦！再吵一会儿还不是那么回事？"说着就走出来了。女人们见他出来了，又把刚才说衣服首饰不合适那番话对着他吵了一遍，他倒答应得很简单。他说："算了！你们都说的是没用话！哪家送礼能不吵？哪家送礼能吵得把东西抬回去？说什么都不抵事，闺女已经是嫁给人家了！"聚财老婆说："你说哪个天生不行！照那样说……"小旦已经不耐烦了，再不往下听，把眼一翻："不行你随便！我就只管到这里！"聚财老婆说："老天爷呀！世上哪有这么厉害的媒人？你拿把刀来把我杀了吧！"小旦说："我杀你做什么？行不行你亲自去跟刘家交涉！管不了不许我不管？不管了！"说着推开大家就往外走，急得安发跑到前边伸开两条胳膊拦住，别的男人们也都凑过来说好话，连聚财也披起衣服一摇一晃出来探问是什么事。

大家好歹把小旦劝住，天已经晌午了。金生他姨夫催开席，老拐就往各桌上摆碟子。不多一会儿，都准备妥当，客人都坐齐，点了点人，只短小宝，金生跑来跑去喊叫，小宝才从后院里跑出来。

原来小宝把小旦叫出来以后，就又到后院西房去看软英。小宝问软英要说什么，软英说："你等等！我先想想！"随后就用指头数起来。她数一数想一想，想一想又数一数，小宝急着问："你尽管数什么？"她说："不要乱！"她又数了一回说："还有二十七天！"小宝说："二十七天做什么？"她说："你不知道？九月十三！"小宝猛然想起来刘家决定在九月十三娶她，就答应她说："我知道！八月十五到九月十三，还有二十九天！"软英："今天快完了，不能算一天。八月是小建，再除了一天……"小宝说："不论几天吧，你说怎么样？"软英说："我说怎么样！你说怎么样？"小宝没法答应。两个人脸对脸看了一大会儿，谁也不说什么。忽然软英跟唱歌一样低低唱着："宝哥呀！还有二十七天呀！"唱着唱着，眼泪骨碌碌就流下来了！小宝一直劝，软英只是哭。就在这时候，金生在外边喊叫"小宝！小宝！"小宝这时才觉着自己脸上也有热热的两道泪，赶紧擦，赶紧擦，可是越擦越流，擦了很大一会儿，也不知擦干了没有，因为外边叫得紧，也只得往外跑。

吃过酒席稍停了一会儿，客人就要回去。临去的时候，小旦一边走一边训话："刘家的场面还有什么说的？以后再不要不知足……"安发一边送着客，一边替聚财受训，送到大门外作了揖才算完结。

小宝抬着食盒低着头，一路上只是胡猜想二十七天以后的事。

二、"看看再说！"

二姨回到上河，一直丢不下软英的事，准备到九月十三软英出嫁的时候再到下河看看，不料就在九月初头，八路军就把下河解放了，后来听说实行减租清债①，把刘家也清算了，刘锡元也死了，打发自己的丈夫去看了一次，知道安发也分了刘家一座房子，软英在九月十三没有出嫁，不过也没得退了婚。过了年，旧历正月初二，正是走娘家的时候，二姨想亲自到下河看看，就骑上驴，跟自己的丈夫往下河来。

他们走到刘锡元的后院门口，二姨下了驴，她丈夫牵着驴领着她往安发分下的新房子里走。狗狗在院里看见了，叫了声"妈！二姑来了！"安发两口、金生两口，都从南房里迎出来。

二姨笑着说："安发！搬到这里来，下雨可不发愁了

----

① 减租清债，抗日根据地为了减轻农民负担、团结各界人士而实行的一种政策。减租，就是减少农民向地主交的地租；清债，就是清理农民欠债主的债务。

吧？——金生！你两口子都来给你舅舅拜年来了？"安发老婆和金生两口答应着，说说笑笑进了南房。二姨的丈夫说："安发！把牲口拴哪里？"安发接住缰绳说："没处拴！就拴这柱子上吧！"二姨的丈夫说："你就没有分个圈驴的地方？"安发说："咱连根驴毛也没有，要那有什么用？不用想那么周全吧！这比我那座透天窟窿房就强多了。"说着拴住了驴，拿下毛连和捎连①，也都回到房里。

一进门，狗狗就问："二姑夫！给我拿着花生啦没有？"二姨说："看我狗狗多么记事？拿着哩！"她丈夫解开毛连口，给狗狗取花生，二姨还说："去年花生收成坏，明年多给孩子拿些！"安发老婆说："这还少？狗狗！装上两把到外边玩吧！"

二姨说："这房子可真不错：那顶棚是布的呀纸的？"安发老婆说："纸的！"二姨说："看人家那纸多么好！跟布一样！咱不说住，连见也没见过！"安发说："咱庄稼人不是住这个的，顶棚上也不能钉钉子，也不能拴绳子，谷种也没处挂，只能放在窗台上！"二姨的丈夫说："那你还不搬回你那窟窿房子里去？"大家都哈哈哈笑起来。

二姨说："我这三个多月没有来，下河变成个什么样子了？"大家都说"好多了"。安发说："总不受鬼子的气

---

① 捎连，盛物和钱的布袋。

了！"金生说："刘锡元也再不得厉害了！"二姨的丈夫接着说："你舅舅也不住窟窿房子了！"二姨问："刘锡元是怎么死的？是不是大家把他打死了？"金生说："打倒没人打他，区上高工作员不叫打，倒是气死了的！"安发说："那老家伙真有两下子！要不是元孩跟小昌，我看谁也说不住他。"二姨问："元孩还有那本事？"金生说："你把元孩错看了，一两千人的大会，人家元孩是主席。刘锡元那老家伙，谁也说不过他，有五六个先发言的，都叫他说得没有话说。后来元孩急了，就说：'说我的吧？'刘锡元说：'说你的就说你的，我只凭良心说话！你是我二十年的老伙计，你使钱我让利，你借粮我让价，年年的工钱只有长支没有短欠！翻开账叫大家看，看看是谁沾谁的光？我跟你有什么问题？……'元孩说：'我也不懂良心，我也认不得账本，我是个雇汉，只会说个老直理：这二十年我没有下过工，我每天做是甚？你每天做是甚？我吃是甚？你吃是甚？我落了些甚？你落了些甚？我给你打下粮食叫你吃，叫你吃上算我的账，年年把我算光！这就是我沾你的光！凭你的良心！我给你当这二十年老牛，就该落一笔祖祖辈辈还不起的账？呸！把你的良心收起！照你那样说我还得补你……'他这么一说，才给大家点开路，这个说'……反正我年年打下粮食给你送'，那个说'……反正我的产业后来归了你'……那老家伙发了急，说'不凭账本就是不说理！'一个'不说理'把大家顶火了，不知道谁说了声打，大家一轰就把老家伙拖倒。小昌给他抹了一嘴屎，高工作员上去抱住他不让打，大家才算拉倒。会场又稳下来，小昌指着老家伙的鼻子说：'刘锡元！这理非叫你说清不可！你逼着人家大家卖了房、卖了地、讨了饭、饿死了人、卖了孩子……如今跟你算算账，你还说大家不说理。到底是谁不说理？'这一问，问得老家伙再没有说的。后来组织起清债委员会，正预备好好跟他算几天，没想到开了斗争会以后，第三天他就死了！有人说是气死的，有人说是喝土死的。"安发说："不论是怎么死的吧，反正是死了，再不得厉害了！"二姨问："他死了，那账还怎么算？"安发说："后来自然只能跟刘忠算，不过他一死，大家的火性就没有那么大，算起来就有好多让步：本村外村，共算了他五千多石米，两万多块钱现洋。他除拿出些粮食牲口以外，又拿出三顷多地和两处房子。如今人家还有四十来亩出租地、十几亩自种地和这前院的一院房子。"二姨说："那么外边说斗光了？"安发说："没甚了没甚了，像我这么十个户也还抵不住人家！"

安发老婆正去切菜，听得小昌的孩子小贵在院里说："狗狗！谁叫你把花生皮弄下一院？扫了！"狗狗说："我不！""你是扫不扫？""不！""拍！"小贵打了狗狗一下，狗狗哭了。安发老婆揭开帘子说："小贵！你怎么打

田寡妇看瓜

起狗狗来了！"小贵说："他怎么把花生皮弄下一院？"安发老婆说："不要紧，弄下一院我给你扫！"小昌老婆在北屋里嘟噜着说："扫过几回？"安发老婆听见也只装没听见，仍然跟小贵说："不要打狗狗！狗狗小啦你大了！"小昌老婆又嘟噜着说："小啦就该上天啦！"安发老婆忍不住了，就接上了话："我那孩子就叫上天啦！你十二岁孩子打我八岁的孩子，还有你这当妈的给他仗胆，我那孩子还有命啦？""打着了？打伤了？""嫌他打得不重你不会也出来打两下？""谁可养过个孩子？""我那孩子还有娘？""没娘来还惯不成那样啦！看那院里能干净一晌不能？人糟蹋，牲口屙！""屙了叫你扫啦？可知道你分了个驴圈？""你不分一个？还不是你的'问题'小？""你有多大'问题'，还不是凭你男人是干部？"安发见她们越吵话越多，就向他老婆说："算了算了！少说句不行？"安发老婆不说了，小昌老婆还在北房里不知嘟咕些什么。二姨问："北房里住是谁？"安发说："说起来瞎生气啦，这一院，除了咱分这一座房子，其余都归了小昌。"二姨说："他就该得着那么多？"安发说："光这个？还有二十多亩地啦！人家的'问题'又多，又是农会主任，该不是得的多啦？你听人家那气多粗？咱住到这个院里，一座孤房，前院都是刘忠的，后院都是小昌的——碾是人家的，磨是人家的，打谷场是人家的，饭厦和茅厕是跟人家伙着的，动脚动手离不了人家。在咱那窟窿房里，这些东西，虽然也是沾邻家的光，不过那是老邻居，就比这个熨帖多了！"

不大一会儿，饭好了，大家吃着饭，仍然谈着斗刘家的事。二姨仍是问谁都提些什么问题，谁都分的东西多。

老拐来了，背着个麻包，进门就喊"拜年拜年！"他跟大家打过招呼，安发老婆给他拿了两个黄蒸①，他丢到麻袋里。安发老婆指着前院说："你到人家前院，管保能要两个白面蒸馍！"老拐说："咱就好吃个黄蒸，偏不去吃他刘家那白面馍！"二姨笑着说："老拐！你就没有翻翻身？"老拐也笑了笑说："咱跟人家没'问题'！"说着就走了。

安发说："你叫我说这回这果实分得就不好，上边既然叫穷人翻身啦，为什么没'问题'的就不能翻？就按'问题'说也不公道——能说会道的就算得多。像小旦！给刘家当了半辈子狗腿，他有什么'问题'？胡捏造了个'问题'竟能分一个骡子几石粮食！"二姨说："怎么呀？小旦也分果实？在上河，连狗腿都斗了，你们这里怎么还给那些人分东西？"金生说："人家这会儿又成了积极分子！"安发说："那人就算治不了！人家把头捏得尖尖的，

---

① 黄蒸，用玉茭面做的一种食品。

田寡妇看瓜

哪里有空就跟哪里钻！八路军一来刘锡元父子们就跑到一个荒山上躲起来，有什么风声小旦管给人家送信。高工作员来发动群众去找刘锡元，有人说：'只要捉住小旦一审就知道了。'这话传到人家小旦耳朵里，人家亲自找着高工作员说人家也要参加斗争，说：'只要叫我参加我管保领上人去把刘家父子捉回来。'高工作员跟大家说：'只要他能这么做，就叫他参加了吧？'人家说：'参加就参加吧，反正谁也知道他是什么人，上不了他的当。'第二天人家果然领着人去把刘家父子捉回来。在斗争那一天，人家看见刘家的势力倒下去，也在大会上发言，把别人不知道光人家知道的刘家欺人的事，讲了好几宗，就有人把人家也算成了积极分子。清债委员会组织起来以后，他说刘锡元他爹修房子的地基是讹他家的。大家也知道他是想沾点光，就认起这笔账来了。后来看见元孩、小昌他们当了干部，他就往他们家里去献好；看见刘忠的产业留得还不少，就又悄悄去给刘忠他娘赔情。不用提他了，那是个八面玲珑的脑袋，几时也跌不倒！"

提起刘忠跟小旦，二姨自然又想起软英的事，问了问金生，金生说："这事真难说，一家人为着这件事成天生闲气。我看恐怕就怨我爹。二姨这会儿要没有别的事，就到我家坐坐，叫我妈给你细细谈谈！"二姨答应了，就同她丈夫跟金生两口子辞别过安发两口走出来。金生说："把驴也牵到我那里喂吧！"说着解下缰绳牵上，四个人一同往聚财家里来。

聚财老婆一见二姨，就先诉了一顿自己的苦："……她爹死拗劲，闺女也不听话，咱两头受气，哪头也惹不起！"二姨听不出个头尾来，要叫她细细谈，她才从送礼那次说起。她说："送过礼以后，我跟软英说：'事情仍是那样了，日子也近了，他送的那些衣裳有的窄小得穿不得，有的穿得也不时兴，你趁这两天，挑那能穿的改几件叫穿。'人家起头就不理，说了四五天，才算哭着做着做一点儿；我也帮着人家做。一件一件拆开改好了还没有缝，就打开仗了。赶到日本人走了，刘家也跑了，九月十三也过了，软英忽然有说有笑了，我跟她爹说：'咱跟刘家这门亲事可算能拉倒吧？'她爹说：'看看再说吧！这会儿还不能解决！'又迟了几天，区上高工作员来发动群众斗争刘家，把刘家父子都捉住了，小宝来跟金生、软英说：'明天到大会上一定把强迫婚姻问题提出来，看他刘家有什么说的？'她爹强按住不叫提。她爹说：'事情还不知道怎么变化啦！你叫他犯到别人手，咱不要先出头得罪人。'后来偏是刘锡元死了刘忠没有死；人家别人的大小问题都提了，咱这问题没有提，不长不短放下了。赶到斗争也过了，清算刘家的事到底了，我问她爹说：'咱跟刘忠这亲事到底算不算数了？'他爹又说：'看看再说吧！这会儿还不能决定！'我说：'还看什么？要不是刘忠给刘锡元守孝的话，人家快又择日子娶了！'他说：'一守孝就是三年！你急什么啦？'后来听小宝说他问过高工作员，高工作员说只要男女本人有一个不情愿，就能提出理由来，到区上请求退亲。我问他送过礼还能不能退，他说他听高工作员说只要把东西退还了也行。我把这话跟她爹学了一遍，她爹骂人家小宝不该挑拨。软英听说她爹不答应了，又怄了几天气，他爹心里也有点活动了。这时候偏还有个该死的小旦又坏了点事：他是媒人，退东西脱不过他的手。听安发说刘忠又给他拿了几两土，他就又向着刘忠那一头说话。他知道我把衣服改了，就故意说：'行是行！只要能把人家送的东西原封原样送回来！少了一件，坏了一件，照原样给人家买！'安发把这话跟他爹一说，他爹又埋怨起我来：又是'明知道弄不断，开这口有什么好处'，又是'人没前后眼，你知以后是谁的天下'，说得我也答应不上来。去年腊月初五，她爹当面说人家小宝：'你来我这里有什么正事？再不要来这里说淡话！'又说软英：'小小孩子嘻嘻哈哈，像个什么规矩？'说得人家小宝红着脸走了，软英就跟她爹闹起来。她爹说：'再敢跟那些年轻人嘻嘻哈哈我捶死你！'软英说：'捶死就捶死吧！反正总要死一回啦！捶死也比嫁给刘忠强！'从那以后，爹也气病了，闺女也气得哭了几天，我两头说好话，哪头也劝不下，直到如今，父女们说不上三句就要顶起来。二妹你今天不要走，住上一两天，两头都替我劝一劝！"二姨见她姐姐哭哭啼啼很作难，就答应下来。

二姨先去探聚财的口气："大姐夫！听说你身上不爽快？"聚财说："也不要紧！冬天里，受了点凉！""听大姐说，软英不听你的话，惹得你动了点气？孩子们说话，你理他做甚啦？哪个还能当一回事？""当老的瞎操心啦吧！瞎惹你们笑话啦！""自己人笑话什么？我说孩子大了，咱一辈不管两辈事，她自己的事，你叫由她一点儿算了！"她又故意说："软英对刘家这门亲事实在不满意，听说只要你愿意就能弄断了……""唉！年轻人光看得见眼睫毛上那点事！一来就不容易弄断，二来弄断了还不知道是福是害！日本才退走四个月，还没有退够二十里，谁能保不再来？你这会儿惹了刘忠，到那时候刘忠还饶你？还有小旦，一面是积极分子，一面又是刘忠的人，那种人咱惹得起？他们年轻人，遇事不前后想，找出麻烦来就没戏唱了！还有，去年你大姐也跟你说过了，软英的心思在小宝身上，这我不能赞成——一则不成个规矩，再则跟上小宝，我断定她受一辈子穷。小宝那孩子，家里有甚没甚且不讲，自己没有出息，不知道为自己打算。去年人家斗刘家，他也是积极分子，东串联人，西串联人，喊口号一个顶几个，可是到算账时候，自己可提不出大'问题'，只说是短几个工钱，得了五斗谷子。人家小旦胡捏了个问题还弄了一个骡子几石粮食，他好歹还给刘家住过几年，难道连小旦都不如？你看他傻瓜不傻瓜？只从这件事上看，就知道他非受穷不可！要跟上小宝，哪如得还嫁给人家刘忠！你不要看人家挨了斗争！在本村说起来还仍然是个小财主！如今刘锡元也死了，骂名也没了，三四口人，有几十亩出租地，还不是清净日月？"二姨说："不过岁数大一点儿！"聚财说："男人大个十四五岁吧，也是世界有的事！"二姨问："那样说起来，你的主意还是嫁给刘忠？"聚财说："不！我的主意是看看再说！刘忠守服就得三年，在这三年中间看怎么变化——嫁刘忠合适就嫁刘忠，嫁刘忠不合适再说，反正不能嫁给小宝！"聚则说这番话，二姨觉着"还是大姨夫见识高！应该拿这些话去劝劝软英"。

二姨劝软英："软英！姨姨问你一件事，听说你年头腊月顶了你爹几句，惹得你爹不高兴？"软英说："二姨！我也不怕你笑话！我不是故意惹我爹生气，可是家里有个我，我爹就不能不生气。我有什么办法？""这话怎么讲？难道你爹多嫌个你？""也不是我爹多嫌我！还是因为那件龌龊亲事！如今我爹已经嚷出来了，我也不说那丑不丑了！因为我要嫁小宝，不愿意嫁给刘忠！""这闺女倒说得痛快！年轻人，遇事要前后想想！""哪天不想？

哪时不想？不知道想过几千遍了！""你觉着惹得起刘忠吗？""斗争会上那几千人都惹得起他，恰是咱家惹不起他？""年轻人光看那眼睫毛上那点事！你爹说日本人退出不够二十里，你敢保不再来？你得罪了刘忠，刘忠那时候还饶你？""我爹就是那样：'前怕狼后怕虎'！我爷爷不是逃荒来的？日本再来了不能再逃荒走？都要像他那么想，刘锡元再迟十年也死不了！""你爹说小宝那孩子没出息，不会为自己打算，当了一回积极分子没得翻了身。从这件事上看，将来恐怕过不了日子！""小旦有出息，会给自己打算，没'问题'也会捏造'问题'分骡子。照他那么说我就该嫁给小旦？""你爹说刘家虽说挨了斗，在下河还是个小财主！""他财主不财主，我又不是缺个爹！""你爹说男人大个十四五岁，也是世界有的事！""做小老婆当使女都是世界有的事，听高工作员说自己找男人越发是世界上有的事！难道世界上有的如意事没有我，倒霉事就都该我做一遍？"最后二姨问："照你这样说来，你的主意是不论你爹愿意不愿意，你马上就要跟刘忠说断了嫁给小宝？"软英说："要以我的本意，该不是数那痛快啦？可是我那么办，那真要把我爹气坏了。爹总是爹，我也不愿意叫他再生气。我的主意是看看再说。刘锡元才死了，刘忠他妈是老顽固，一定要叫他守三年孝。去年八月十五到九月十三，二十七天还能变了卦。三年工夫长着啦，刘家还能不再出点什么事？他死了跑了就不说了，不死不跑我再想我的办法，反正我死也不嫁给他，不死总要嫁给小宝！"软英说完了，二姨觉着这话越发句句有理。

两个人各有各的道理，两套道理放到一处是对头，也有两点相同——都想看看再说，都愿意等三年。二姨就把这谈话的结果向聚财老婆谈了一下，两个人都觉着没法调解。不过聚财老婆却放了心，她觉着闺女很懂事，知道顾惜她爹。她觉着两套道理虽是对头，在这三年中间，也许慢慢能取得同意，到底谁该同意谁，她以为还是闺女说得对。

三、想再"看看"也不能

聚财和软英父女俩都猜得不错，这三年中间果然有些大变化——几次查减①且不讲，第一个大变化是第二年秋天日本投降了；第二个大变化是第三年冬天又来了一次土地改革运动，要实行填平补齐。第一个大变化，因为聚财听说蒋介石要打八路，还想"看看再说"，软英的事还没动；第二个大变化，因为有些别的原因，弄得聚财想再"看看"也不能了。

---

① 查减，检查减租减息执行情况。

第二个大变化在一九四六年。这年十月里，有一天，区上召集干部和积极分子联合会，元孩、小昌、小旦、小宝……一共有四十多个人参加，要开七天。他们到区上以后，村里人摸不着底，有些人听别的区里人说是因为穷人翻身不彻底，还要发动一次斗争。这话传到刘忠耳朵里，刘忠回去埋藏东西；传到软英耳朵里，软英回去准备意见。

七天过了，干部积极分子都从区上回来了。晚饭后，还是这四十来个人，开了布置斗争会。元孩是政治主任，大家推他当了主席。元孩说："区上的会大家都参加过了。那个会决定叫咱们回来挤封建，帮助没有翻透身的人继续翻身。咱们怎么样完成这个任务，要大家讨论，讨论一下谁还是封建？谁还没有翻身？谁还没有翻透？"他说完了，小昌就发言。小昌说："我看咱村还有几户封建，第一个就是刘忠！"有人截住他的话说："刘忠父子们这几年都学会种地，参加了生产，我看不能算封建了！"小昌说："他那种地？家里留二十来亩自耕地，一年就雇半年短工，全凭外边那四十来亩出租地过活。这还不是地主？还不是剥削人的封建势力？"这意见大多数都同意，就把刘忠算作一户封建尾巴。接着，别人又提了四五户，都有些剥削人的事实，大家也都同意，其余马上就再提不出什么户来，会场冷静了一大会。元孩说："想起来再补充

田寡妇看瓜

吧！现在咱们再算算咱村还有多少没翻身或者翻也没有翻透的户！"大家都说："那多啦！""还有老拐！""还有安发！""还有小宝！"大家七嘴八舌提了一大串。元孩说："慢着！咱们一片一片沿着数一数！"大家就按街道数起来，数了四十七个户。元孩曲着指头计算了一下说："上级说这次斗争，是叫填平补齐，也就是割了封建尾巴填窟窿。现在数了一下：封建尾巴总共五六个，又差不多都是清算过几次的，可是窟窿就有四五十个，那怎么能填起来？"小宝说："平是平不了，不过也不算很少！这五六户一共也有三顷多地啦！五七三百五，一户还可以分七亩地！没听区分委说'不能绝对平，叫大家都有地种就是了'！"又有人说："光补地啦？不补房子？不补浮财？"又有人说："光补窟窿啦？咱们就不用再分点？"元孩说："区分委讲话不是说过了吗？不是说已经翻透身的就不要再照顾了吗？"小旦说："什么叫个透？当干部当积极分子的管得罪人，斗出来的果实光叫填窟窿，自己一摸光不用得？那只好叫他们那四十七个窟窿户自己干吧！谁有本事他翻身，没有本事他不用翻！咱不给他当那个驴！"元孩说："小旦！你说那不对！在区上不是说过……"元孩才要批评这自私自利的说法，偏有好多人打断了他的话，七嘴八舌说："小旦说得对！""一摸光我先不干！""我也不干！""谁得果实谁去斗！"元孩摆着

116

两只手好久好久才止住了大家的嚷吵。元孩说："咱们应该先公后私。要是果实多了的话除填了窟窿，大家自然也可以分一点儿；现在人多饭少，填窟窿还填不住，为什么先要把咱们说到前头？咱们已经翻得不少了，现在就应该先帮助咱的穷弟兄。"小昌说："还是公私兼顾吧！我看叫这伙人不分也行不通，因为这任务要在两个月内完成，非靠这一伙人不行。要是怕果实少分不过来，咱们大家想想还能不能再找出尾巴来？"这意见又有许多人赞成。小旦说："有的是封建尾巴！刘锡恩还不是封建尾巴？他爹在世时候不是当过几十年总社头？还不跟后来的刘锡元一样？"元孩说："照你那么提起来可多啦！"跟小旦一样的那些人说："多啦就提吧！还不是越多越能解决问题？"元孩说："不过那都是三四十年前的事，从我记得事，他家就不行了……"有人说："不行了现在还能抵你那两户？"元孩说："那是人家后来劳动生产置来的。"又有人说："置来的就不给他爹还一还老账？"元孩听见他们这些话，跟在区上开会那精神完全不对头，就又提出在区开会时候，区分委说那不动中农的话来纠正他们。小旦他们又七嘴八舌说："那叫区上亲自做吧！"元孩说："不要抬杠！有什么好意见正正经经提出来大家商量！"那些人又都一齐说："没意见了！"以后就谁也不开口，元孩一个一个问着也不说，只说"没意见"。会场又冷静了好大一会儿。有些人就交头接耳三三两两开小会，差不多都是嘟噜着说："像锡恩那些户要不算，哪里还有户啦？""要不动个几十户，哪里还轮得上咱分果实？"……元孩听了听风，着实作了难：上级不叫动中农，如今不动中农，一方面没有东西填窟窿，一方面积极分子分不到果实不干，任务就完不成。他又在会场上走了一圈，又听得不只积极分子，有些干部也说分不到果实不干，这更叫他着急。他背着手转来转去想不出办法。小昌说："我看还是叫大家提户吧！提出来大家再讨论，该动就动，不该动就不动。"元孩一时拿不定主意，小昌就替他向大家说："大家不要开小会了，还是提户吧！"一说提户，会场又热闹起来，哗啦哗啦就提出二十多户，连聚财进财也都提在里边。一提户，元孩越觉着不对头，他觉着尽是些中农。他说："我一个人也拗不过大家，不过我觉着这些户都不像是封建尾巴。咱们一户一户讨论吧！要说哪一户应该斗，总得说出个条件来！"小昌说："可以！咱们就一户一户说！"元孩叫记录的人把大家提出来的户一户一户念出来，每念一户，就叫大家说这一户应斗的条件。像小旦那些积极分子，专会找条件，又是说这家放过一笔账，又是说那家出租过二亩地；连谁家爷爷打过人，谁家奶奶骂过媳妇都算成封建条件。元孩和小宝他们几个说公理的人，虽然十分不赞成，无奈大风倒在"户越多越好"那一边，几个人也扭不过来。

讨论到聚财那一户，小宝先提出反对的意见。小宝说："我觉着那一户真不应该斗！人家是开荒起家，没有剥削过谁一个钱东西，两三辈子受刘家的剥削，这几年才站住步，为什么就把人家算成封建？……"他还没有说完，就有人喊叫"反对包庇！"有个年轻人在小宝背后嘟噜着跟小宝说："还有什么想头啦？记不得人家把你撵出来？"元孩说："不要说笑话了！这一户可真不能斗！别人的条件，算不算封建吧，总还有个影子，这一户连封建影子也没有，受封建的剥削比我元孩还多，要是连他也斗了，恐怕连咱们这些人都得斗！人家有什么条件？"他这么一说，大家也觉着真不容易找出条件来，会场好像又要冷静一会儿。小旦怕冷了场，就赶紧说："有有有！他跟地主家结亲还不是一个大条件？"小宝说："谁不知道那是刘家强迫的？你是媒人，我是抬食盒的，小昌叔和元孩叔也都去来！谁不清楚那是怎么一回事？"小旦说："三媒六证，亲口许婚，那怎么能算强迫？是强迫他在斗刘锡元时候为什么不提意见？这二三年了为什么又舍不得退婚？"元孩觉着他这样颠倒是非太不像话，就正正经经问他说："小旦你这是说笑话还是说正经话？要是别人办的，还许你摸不清；你亲自办的事，你还该不知道那是见得人见不得？"事实谁都知道，元孩这样一碰，小旦也就再不提这事了。可是聚财这户，地也多、也都做好了，在近几年又积余了好多粮食，有些人很眼热，觉着放过去可惜，就又找出个条件。元孩才把小旦的话碰回去，就又有人说："他有变天思想！那总是个条件吧？"另有几个人说："对！"有一个说："他从前说日本人还要来，日本投降以后又说蒋军要来！"还有个作证的说："对！有一次他在场里跟安发说过，我跟好几个人都听见来！"还有个追根的说："他听谁说的？这都是特务造的谣言，问他在哪里听到的！他跟哪一个有联系？"……元孩说："够了够了！再猜下去就比刘锡元还厉害了！大家一定要斗人家，也只能叫他献些地献些东西，要跟别的封建尾巴一样弄得扫地出门，咱实在觉着过意不去！"又有人说："刘家给他送那好东西多着啦！人家别人都跟地主分家啦，也叫他跟刘家解除婚约，把好东西退出来归了群众！"小昌说："明天刘家就扫地出门了，那你怕他不愿意啦？"又有人说："那可是一批大果实，还有金镯子啦！"小宝说："镀金的！"那个人说："真金的，我见人家前一个老婆带过！"小宝说："那一对没有归了他！"……元孩见他们这些人只注意东西不讲道理，早就不耐烦了，就又批评他们说："那他是什么就是什么吧，争吵那有什么用？这一户算过去了吧？时候不早了，讨论别人！"接着又讨论到进财。这一户，就是小旦那个找家，也没有找出什么条件来，只好去掉。总共提出二十七八户，讨论中间，元孩、小宝他们几个正经人，虽然争着往下去，结果还剩下二十一户再也去不下来了。元孩见这二十一户中间，大多数是中农，仍觉着不妥当，就跟桌子旁边的几个主要干部说："动这么多的中农可是不妥当呀！要不等几天高工作员来了再搞吧？"小昌说："户已经决定了，明天要不搞，说不定谁走了风，人家就都把东西倒出去了。我看不用等！羊毛出在羊身上，下河的窟窿只能下河填，高工作员也给咱带不来一亩地！"小昌是农会主任，说话有力量。他这么一说，另外几个干部都同意他的话，就算决定了。这时候已经半夜了，事情也讨论完了，就散了会。临走时候，小昌说："今天夜里大家都得保守秘密，谁走了风明天查出来可不行呀！"大家都说"那自然！"说着就都往外走。小昌又叫住小旦说："旦哥！到我那里我跟你说句话！"小旦就跟着他同大家一同走出来。

小宝想到聚财家通个信，又觉着不遵守会上的纪律不好，回到家睡下了又睡不着，觉着不通个信总对不住，才又穿上衣裳往聚财家来。他在门外叫了叫金生，金生给他开了门，领他到自己屋里谈话。他把会上讨论聚财的事一五一十告诉了金生，叫他们做个准备。金生问他还决定了些谁，他说："光给你送个信就算犯纪律了。别的就再不能说了！"金生注意了自己家里的事，也无心再问别人，就把小宝送出来。最不妙的是小宝一出门，正遇上小旦从小昌那里出来往回走，谁也能看见对面是谁，可是谁也没有跟谁说话就过去了。

第二天开了群众大会，是小昌的主席。开会以后，先讲了一遍挤封建和填平补齐的话，接着就叫大家提户。村里群众早有经验，知道已经是布置好了的，来大会上提出不过是个样子，因此都等着积极分子提，自己都不说话。有个积极分子先提出刘忠，说出他是封建尾巴的条件，别的积极分子们喊了些打倒的口号，然后就说"该怎么办？"又有个积极分子提出"扫地出门"，照样又有人喊了些"赞成"，就举手表决。因为刘家从前逼得叫人家扫地出门的人太多了，这次叫他扫地出门，大家也觉着应该，举拳头的就特别多。通过了刘忠，接着就提出哪几户真有条件。这时候，干部积极分子自然还是那股劲，别的群众，也有赞成的，也有连拳头也懒得举的，反正举起手来又没人来数，多多少少都能通过。这几户过去以后，就提出刘锡恩。一提出这个户，会场上就有点不大平静，从人们的头上看去，跟高粱地里刮过风来一样，你跟我碰头我跟你对脸；大家也不知说些什么，只听得好像一伙小学生低声念书。头里提出叫刘忠扫地出门，锡恩还举过手；这会儿提到他头上，真是他想不到的事。小四和他很近，悄悄问他："怎么还有你？"他说："不清楚！"小四又问：

"不知道有我没有？"他又说："不清楚！"他又听得积极分子提出他的封建条件是他爹当过总社头，他大声说："那是三四十年前的事！从我爹死了我娘当家时候，就穷得连饭也吃不上了……"积极分子们不听他说完，就乱喊"父债子要还""反对封建尾巴巧辩""不用听他那一套，表决吧"……表决的时候，在五六百人的大会上，只有四十来个干部和积极分子东一只西一只稀稀举了几个拳头，群众因为谁也弄不清会不会提到自己头上，不只没人去数，连看也没心看，也就算通过了。锡恩以下，又提了几户中农，也有决定没收的，也有叫献地献东西的；起先提出条件来，本人还辩白几句，后几户本人不等提完条件，就都说："不用提那些了，光说是没收呀还是献吧！"

提到聚财名下，聚财因为早有准备，应付得很顺当，没有费劲就过去了，决定叫他闺女和刘忠解除婚约，把受下的礼物一律退出来算成没收刘忠的东西，再献出沟里的十几亩好地和二十石麦子。

这时候，小旦跑到小昌跟前低低说："提吧？"小昌点了点头。小旦大声说："聚财的问题算是过去了，聚财还有个走狗我提议也斗一斗？"别的积极分子都问是谁，小旦说："你看聚财今天应酬得多么顺当？人家早有准备了。昨天夜里，我们在区上开会回来的人，又开了个会谈今天的工作，散会以后，小宝就跑到聚财家里去透气，直到半夜多了，我亲自见他从聚财家里出来。这回斗聚财，我也该捎带他一下！"别的积极分子一听这话，差不多都说小宝办这事见不得人，有人喊叫："叫他坦白！"小宝说："坦白什么？谁能不到别人家走走？他要不到别人家去，怎么在半夜以后碰上我？"小昌说："小宝！你不要胡扯！小旦哥是我把人家叫去谈话，又不是到哪个斗争对象家里去来！"又有人说："胡扯不行！你说你的！"小宝说："那还说什么？你们说该斗就斗吧！"这一下可把他们顶得没说的。因为小宝家里只有三四亩坡地也没工夫做，荒一半熟一半，一年不打几颗粮食，凭自己的工钱养活他娘。从前给刘家赶骡子，这几年刘家倒了，就又给合作社赶骡子，反正只凭个光杆子人过日子，要说斗他，实在也斗不出什么果实来。隔了一会儿，有人说："再不能叫他算积极分子！"小宝说："不算就不算！""这次不分给他果实！""不分给算拉倒！这几年没果实没过日子？""不叫他给合作社赶骡子！""不赶就不赶！我再找东家！"小旦那些人，不论怎么会讹人，碰上这没油水的人也再没有什么办法。有人说："算算算！不要误这闲工！再提别的户！"别人也再不说什么，小宝这一户也就算过去了。会从早饭以后开到晌午多，把二十一户都过完了，就散了。吃过午饭，干部和积极分子们分开组到决定没收的各户去登记东西，不过没有叫小宝去。

聚财回到家，午饭也没有吃，一直跟做梦一样想不着为什么能叫人家当封建斗了。晚饭时候，一家人坐在一处发愁：地叫人家把筋抽了，剩下些坡地养不住一家；粮食除给人家二十石麦子，虽然还有些粗粮，也是死水窝窝，吃一斗少一斗；想不到父子们开了多年荒地，才算弄得站住步就又倒下来。老婆说怨他不早跟刘家退婚，他说退了也不算，人家还会找别的毛病；老婆又说进财就没有事，可见退了也许没有事……两个人正争吵不清，安发领着小旦又来了。聚财觉着小旦到哪里，总没有吉利事，忙问安发"什么事"。安发说："什么事？愁人事！"小旦说："安发！这又不能多耽搁时候，你跟你姐夫直说吧！"安发就把聚财叫到一边说："他又来给咱软英说媒来了！小昌托他当媒人，叫把咱软英许给他小贵。他说要愿意的话，还能要回几亩好地来；要不愿意的话，他捉着咱从前给刘家开那礼物单，就要说咱受过刘家的真金镯子，叫群众跟咱要……"聚财从大会上回来就闷着一肚子气没处发作，这会儿就是碰上老虎也想拔几根毛儿，因此不等安发往下说，就跳起来说："放他妈的狗屁！我有个闺女就成了我的罪了！我的闺女不嫁人了！刘家还有给我送的金山银山啦！谁有本事叫他来要来吧！"他老婆跟金生、软英，听见他大喊大叫，恐怕他闯下祸，赶紧跑过来劝他。他老婆说："我的爹！什么事你这样发急？"又指着小旦悄悄说：

田寡妇看瓜

"那东西是好惹的？"聚财说："他就把我杀了吧，我还活得岁数少啦？就弄得我扫地出门吧，我还不会学我爹去逃荒？他哪一个抖起我的火来我跟他哪一个拼！人一辈总要死一回，怕什么？"他们三个人见他在气头上说不出个头尾来，就问安发，安发才把小旦又来说媒的事又说给他们。小旦平常似乎很厉害，不过真要有人愿意跟他拼命，他也不是个有种的。聚财发作罢了，握住拳头蹲在炕上等他接话，他却一声不响坐在火边吸起纸烟来。

软英这时候，已经是二十岁的大闺女，遇事已经有点拿得稳了。她听她舅舅说明小旦的来意之后，就翻来覆去研究。她想："说气话是说气话，干实事是干实事。如今小昌是农会主任，也是主要干部，决定村里的事他也当好多家，惹不起。自己家里的好地叫人家要走了，要能顺着些小昌，也许能要求回一些来。只是小昌要自己嫁给小贵那自然是马虎不得的事，反正除了小宝谁也不能嫁给他。"又想顺着些小昌，又不能嫁给小贵，这事就难了，她想来想去，一下想到小贵才十四岁，她马上得了个主意。她想："听小宝说男人十七岁以上才能订婚（晋冀鲁豫当时的规定），小昌是干部，一定不敢叫他那十四岁孩子到区上登记去，今天打发小旦来说，也只是个私事，从下了也不过跟别家那些父母主婚一样，写个帖儿。我就许下了他，等斗争过后，到他要娶的时候，我说没有那事，他见不得官，就是见了官，我说那是他强迫我爹许的，我自己不愿意，他也没有办法。"她把主意拿好，就到火炉边给小旦倒了一盅水，跟小旦说："叔叔你喝水吧！我爹在气头上啦！你千万不要在意！说到我本身的事啦，我也大了，如今自己做主，跟我说就可以，我爹要不愿意我慢慢劝他，他也主不了我的事。"小旦见有人理他了，本来还想说几句厉害话转一转脸色，又觉着这么一个漂亮的大姑娘给自己端茶捧水，要再发作几句，还不如跟她胡拉扯几句舒服，因此就跟软英谈起来。小旦说："说媒三家好，过后两家亲，成不成与我没什么关系！要是从前，这些事不能直接跟你们孩子们说，如今既然行自己做主了，叔叔就跟你说个没大小话：你觉着人家小昌那家怎么样？"软英说："不赖！人家是翻身户，又是大干部，房有房、地有地，还赖啦？不论哪家吧，还不比刘忠强？"小旦觉着她有点愿意的样子，就故意说："就是孩子小一点儿！是不是？"软英故意笑了笑说："小慢慢就长大了吧！大的不能跟小处缩，小的还不能往大处长？"小旦见这个口气越来越近，就叫过安发来，聚财老婆也跟着过来了。小旦把软英愿意的话跟他两人一说，聚财老婆跟软英说："如今行这个新规矩了，你自己看着吧！"软英说："我已经这么大了！胡沾住个家算了！有什么要紧？"……就这样三言五句把个事情解决了。小旦临走说："好！回头择个

127

好日子过个帖子吧！"

　　小旦走后，安发问软英说："你真愿意呀，还是怕他跟你爹闹气？"软英说："就那吧！有个什么愿意不愿意！"安发也只当她愿意，就走了。

　　安发走后，聚财和他老婆又问软英说："你真愿意呀还是受着屈？"

　　软英说："过了一步说一步吧！"他们也只当她是怕她爹过不去，受着屈从下了。

　　第二天小宝听说了，悄悄跟软英说："你可算找了个好主儿！"软英说："想干了他的脑袋！他那庙院还想放下我这神仙啦？"接着把自己那套主意细细告给小宝，并且告他说："你到外面，要故意骂我丧良心才好！"

四、"这真是个说理地方！"

　　聚财本来从刘家强要娶软英那一年就气下了病，三天两天不断肚疼，被斗以后这年把工夫，因为又生了点气，伙食也不好，犯的次数更多一点儿，到了这年（一九四七）十一月，政府公布了土地法，村里来了工作团，他摸不着底，只说是又要斗争他，就又加了病——除肚疼以外，常半夜半夜睡不着觉，十来天就没有起床，赶到划过阶级，把他划成中农，整党时候干部们又明明白白说是斗错了他，他的病又一天一天好起来。赶到腊月实行抽补 [1] 时候又赔补了他十亩好地，他就又好得和平常差不多了。

他还有一宗不了的心事，就是软英的婚姻问题。从工作团才来时候，小宝就常来找软英，说非把这件事弄个明白不行。他哩，还是他那老思想，不想太得罪人。他想：斗错了咱，人家认了错，赔补了地，虽说没有补够自己原有的数目，却也够自己种了，何必再去多事？小旦、小昌那些人都不是好惹的，这会儿就算能说倒他们，以后他们要报复起来仍是麻烦。他常用这些话劝软英，软英不听他的。有一次，他翻来覆去跟软英讲了半夜这个道理，软英说："谁不怕得罪我，我就不怕得罪谁！我看在斗刘家那时候得罪小旦一回，也许后来少些麻烦！"

腊月二十四这天，早饭以后，村支部打发人来找软英，说有个是非她去证不明白。一说有事，聚财和软英两个人都知道是什么事，不过软英是早就想去弄个明白，聚财是只怕她去得罪人，因此当软英去了以后，聚财不放心，随后也溜着去看风色。

自从整党以来，村支部就在上年没收刘家那座前院里东房开会。这座院子，南房里住的是工作团，东房里是支部开整党会的地方，西房是农会办公的地方。到了叫软

---

① 抽补，即抽肥补瘦，老解放区土改后为纠正平分土地不合理现象而采取的一种措施。

田寡妇看瓜

英这一天，整党抽补都快到结束时候，西房里是农会委员会开会计划调剂房子，东房里是支部开会研究党员与群众几个不一致的意见。

聚财一不是农会委员，二不是党员，三则支部里、农会里也没有人叫过他，因此他不到前院来，只到后院找安发，准备叫安发替他去打听打听。他一进门，安发见他连棍子也不挂了，就向他说："伙计！这会儿可算把你那讨吃棍丢了？"聚财笑着说："只要不把咱算成'封建'咱就没有病了！"安发说："还要把你算成'封建'的话，我阁外①那五亩好地轮得上你种？"聚财说："你也是个农会委员啦，斗了咱十五亩地只补了十亩，你也不给咱争一争？既然说是错斗了我，为什么不把我原来的地退回来？"安发说："算了算了！提起补地这事情，你还不知道大家作的什么难！工作团和农代会、农会委员会整整研究了十几天，才研究出这个办法来！你想：斗地主的地，有好多是干部和积极分子们多占了，错斗中农的地又都是贫雇农分了。如今把干部积极分子多占的退出来，补给中农和安置扫地出门的地主富农，全村连抽带补只动五十多户；要是叫贫雇农把分了中农的地退出来，再来分干部积极分子退出来的多占土地，就得动一百五十多户。一共

---

① 阁外，地名。

二百来家人一个村子，要动一百五十多户，不是要弄个全村大乱吗？我觉着这回做得还算不错，只是大家的土地转了个圈子。像去年斗你那十五亩地，还分给了我三亩，今年小昌退出阁外边我那五亩又补了你。那地是刘锡元从我手讹诈去的，斗罢刘锡元归了小昌，小昌退出来又补了你，你的可是分给了我；这不是转了个大圈子吗？"聚财说："小昌他要不多占，把你阁外那地早早分给你，这个圈子就可以不转，也省得叫我当这一年'封建'？"安发说："这个他们都已经检讨过了。就是因为他们多占了。窟窿多没有补丁，才去中农身上打主意，连累得你也当了一年'封建'。这次比那次也公道：除了没动过的中农以外，每口人按亩数该着二亩七，按产量该着五石一，多十分之一不抽，少十分之一不补；太好太坏的也换了一换，差不多的也就算了。你不是嫌补的你亩数少吗？照原产量，给你换二十亩也行，只要你不嫌坏！"聚财说："我是跟你说笑！这回补我那个觉着很满意！咱又不是想当地主啦，不论吃亏便宜，能过日子就好！——伙计！你不是委员吗？你怎么不去开会？"安发说："今天讨论调剂房子，去村里登记农会房子的人还没有回来。"聚财说："人家支部里打发人把咱软英叫去了。这孩子，我怕她说话不知轻重，再得罪了人家谁。咱才没有了事，不要再找出事来！你要去前院西房里开会，给我留心听一听她说些什么妨碍话没有！"安发说："不用管她吧！我看人家孩子们都比咱们强。咱们一辈子光怕得罪人，也光好出些事，因为咱越怕得罪人，人家就越不怕得罪咱！"聚财觉着他这话也有道理。

正说着，老拐进来了。他和聚财打过招呼，就坐下跟安发说："你是咱贫农组组长，这次调剂房子，可得替我提个意见调剂个住处。"安发说："上次你不是在小组会上提过了吗？已经给你转到农会了。"聚财说："老拐！今年可以吧？"老拐说："可以！有几亩地，吃穿就都有了，就是缺个住处，打几颗粮食也漏上水了。"

小旦也来找安发。他说："安发！抽补也快完了，我这入贫农团算是通过了没有？"安发说："上级又来了指示，说像咱这些贫农不多的地方，只在农会下边成立贫农小组，不成立贫农团了。"小旦说："就说贫农小组吧，也不管是贫农什么吧，反正我是个贫农，为什么不要我？工作团才来的时候，串联贫农我先串联，给干部提意见我先提，为什么组织贫农时候就不要我了？"安发说："抽补也快结束了，这会儿你还争那有什么用途？"小旦说："嘻！叫我说这抽补还差得多啦，工作团都不摸底，干部、党员们多得的浮财跟没有退一样，只靠各人的反省退了点鸡毛蒜皮就能算了事吗？听工作团说，就只抽这一回了，咱们这贫农要再不追一追，就凭现在农会存的那点浮财①，除照顾了扫地出门的户口，哪里还分得到咱们名下？"安发说："咱也不想发那洋财。那天开群众大会你没有听工作团的组长讲：'平又不是说一针一线都要平，只是叫大家都能生产都能过日子就行了。'我看把土地抽补了把房子调剂了，还不能过日子的就是那些扫地出门的户，农会存的东西补了人家也就正对，咱又不是真不能过日子的家，以后慢慢生产着过吧！"小旦听着话头不对，就抽身往外走，临走还说："不管怎样吧，反正我也还愿意入组，遇着你们组里开会也可以再给我提提！"说着连回话也不听就走出去，看样子入组的劲头也不大了。他走远了，聚财低低地说："他妈的！他又想来出好主意！"安发说："工作团一来，人家又跑去当积极分子，还给干部提了好多意见，后来工作团打听清楚他是个什么人，才没有叫他参加贫农小组。照他给干部们提那些意见，把干部们说得比刘锡元还坏啦！"聚财低低地说："像小昌那些干部吧，也就跟刘锡元差不多，只是小旦说不起人家，他比人家坏得多，不加上他，小昌或许没有那么坏！"安发说："像小昌那样干部里边还没有几个。不过就小昌也跟刘锡元不一样。刘锡元那天生是穷人的对头，小昌却也给穷人们办过些好事，像打倒刘锡元，像填平补齐，他都

---

① 浮财，除房屋、土地、牲畜、农具以外的财产。

是实实在在出过力的,只是权大了就又蛮干起来。小旦提那意见还不只是说谁好谁坏,他说'……一个好的也没有,都是一窝子坏蛋,谁也贪污得不少,不一齐扣起来让群众一个一个追,他们是不会吐出来的!'"老拐说:"他还要追人家别人啦!他就没有说他回回分头等果实,回回是窟窿,分的那些骡子、粮食、衣裳,吃的吃了,卖的卖了,比别人多占好几倍,都还吐不吐?"聚财说:"说干部没有好的那也太冤枉,好的就是好的。我看像人家元孩那些人就不错!"安发说:"那自然!要不群众就选人家当新农会主席啦?"

他们正说着闲话,狗狗在院里喊叫:"妈!二姑来了!"安发老婆听说二姨来了,从套间里跑出来,安发他们也都迎出来。老拐没有别的事,在门边随便跟客人应酬了两句话就走了。狗狗一边领着二姨进门,一边问:"二姑!你怎么没有骑驴?"二姨说:"驴叫你姑夫卖了,还骑上狗屁?"狗狗又笑着说:"二姑!你记得我前几年见了你就跟你要甚来呀?"二姨也笑着说:"狗狗到底大了些,懂事多了!要什么?还不是要花生?今年要也不行,你姑夫因为怕斗争,春天把花生种子也吃了,把驴也卖了!——大姐夫,听说你病了几天,我也没有来看看你!这几天好些?"聚财说:"这几天好多了!——你们家里后来没有什么事吧?"二姨说:"倒也没事,就是心慌得不行。听说你们这里来了工作团，有的说是来搞斗争，有的说是来整干部，到底不知道还要弄个甚。我说到这年边了，不得个实信，过着年也心不安，不如来打听打听！"聚财说："这一回工作做得好！不用怕！……"接着他和安发两个人，就预备把划阶级、赔补中农、安插地主富农、整党……各项工作，都给二姨介绍了一下。正介绍到半当腰里，忽听得前院争吵起来。聚财听了听说："这是小宝说话！安发你给咱去看看是不是吵软英的事？"安发说："咱们都去看看吧！"聚财说："我也能去？"安发说："可以！这几天开整党会，去看的人多啦！"说着，他们三个人就到前院里来。

这天的整党会挪在院里开，北房门关着，正中间挂着共产党党旗和毛主席像，下面放着一张桌子和一些椅子凳子。工作团的同志们坐在台阶上，区长和高工作员也在内，元孩站在桌子后当主席，台阶下前面坐的是十七个党员，软英和小宝虽不是党员，因为是支部叫来的，也坐在前面，后面便是参观的群众。当聚财他们进去的时候，正遇上小昌站着讲话，前边不知道已经讲了些什么，正讲到"……我跟你什么仇恨也没有！我是个共产党员，不能看着一个同志去跟个有变天思想的人接近！不能看着一个同志给斗争对象送情报！不能看着一个同志去勾引人家的青年妇女！我们党内不要这种人！况且开除你也不是我一

田寡妇看瓜

个人做的主，我提议的，支部通过的，支部书记元孩报上去的，区分委批准的，如今怎么能都算到我账上？"聚财听了这么个半截话，似乎也懂得是说小宝，也懂得"有变天思想"和"斗争对象"是指自己，也懂得"勾引青年妇女"是指小宝跟软英的关系，只是不懂"开除"是什么意思。小昌说了坐下，小宝站起来说："我说！"软英跟着也站起来说："我说！"元孩说："小宝先说！"小宝说："党开除我，我没话说，因为不论错斗不错斗，那时候软英她爹总算是斗争对象，大会决定不许说，我说了是我犯了纪律，应该开除。可是我要问：他既然是共产党员，又是支部委员，又是农会主任，为什么白天斗了人家，晚上就打发小旦去强逼人家的闺女跟他孩子订婚？那就也不是'斗争对象'了？也没有'变天思想'了？说我不该'勾引青年妇女'，'强逼'就比'勾引'好一点儿？我这个党员该开除，他这个党员就还该当支委？"小宝还没有坐下，小昌就又站起来抢着说："明明是'自愿'，怎么能说我是'强迫'？"元孩指着小昌说："你怎么一直不守规矩？该你说啦？等软英说了你再说！坐下！"小昌又坐下了。聚财悄悄跟安发说："这个会倒有点规矩！"安发点了点头。软英站起来说："高工作员在这里常给我们讲'妇女婚姻要自主'，我跟小宝接近，连我爹我娘都不瞒，主任怎么说人家是'勾引'我？要是连接近接近也成了犯法的

事，那还自主什么？主任又说我自愿嫁给他孩子，我哪有
那么傻瓜？我也是二十多的人了，放着年纪相当的人我不
嫁，偏看中了他十四五岁个毛孩子？要不是强逼，为什么
跟我爹要金镯子？"软英说完了，小昌又站起来说："我
说吧？我看这事情非叫小旦来不行！你们捏通了，硬说我
要金镯子！我叫小旦来说说，看谁跟他提过金镯子？"后
边参观的群众有人说："还用叫小旦？聚财、安发都在这
里，不能叫他两个人说说？"聚财远远地说："不跟我要
金镯子的话我还许少害几天病！还是找小旦来吧！省得人
家又说我们是捏通了！"元孩说："我看还是去找小旦吧！
要金镯子这事也不止谈了一次了，不证明一下恐怕再谈也
没结果！"别的党员们也都主张叫小旦来证明一下，元孩
就打发村里的通讯员去找。

这时候，登记农会房子的人也回来了，安发和别的农
会委员们都回西房里议论调剂房子的事。元孩是新农会主
席，可是因为在整党会上当着主席，只好把西房里的事托
给副主席去管。

不多一会儿，把小旦找来了，整党会又接着开起来。
小昌说："小旦哥！你究竟说说你给我说媒那事是自愿呀
是强迫？"小旦想把自己洗个干净，因此就说："我是有
甚说甚，不偏谁不害谁！主任有错，我也提过意见，不过
这件事可不是人家主任强迫她。如今行自主，主任托我去

的时候，我是亲自跟软英说的。那时候，她给我倒了一盅水，跟我说……"接着就把软英给他倒上水以后的那些话，详详细细实实在在说了一遍，然后说："我说这没有半句瞎话，大家不信可以问安发。"软英说："不用问我舅舅了，这话半句也不差，可惜没有从头说起，让我补一补吧：就是斗争了我爹那天晚上，小旦叔，不，小旦！我再不叫他叔叔了！小旦叫上我舅舅到了我家，先叫我舅舅跟我爹说人家主任要叫你软英嫁给人家孩子。说是要从下还可以要求回几亩地，不从的话，就要说我爹受了人家刘家的金镯子。没收了刘家的金镯子主任拿回去了——后来卖到银行谁不知道？那时候跟我爹要起来，我爹给人家什么？我怕我爹吃亏，才给小旦倒了一盅水，跟他说了那么一大堆鬼话，大家说这算不算自愿？他小旦天天哄人啦，也上我一回当吧！"小旦早就想打断她的话，可惜找不住个空子，一听到她说了自己个"天天哄人"，马上跳起来指着软英喊："把你的嘴收拾干净点！谁天天哄人啦？"高工作员喝住他说："小旦你捣什么乱？屈说了你？我还不知道你是个什么人？"小旦这才算又坐下了。参观的群众有人小声说："还辩什么？除了小旦谁会办这事？"没有等小昌答话，别的党员们你一句我一句都质问起来："小昌！你这个党员体面呀？""小昌！你向支部汇报过这事没有？""小昌！你这几天反省个甚？"……元孩气得指着问他说："有你这种党员，咱这党还怎么见人啦？"小昌眼里含着泪哀求小旦说："小旦哥！你凭良心说句话，我托你去说媒，还叫你问人家要过金镯子？"小旦说："要说实的咱就彻底说实的，在斗争会的头一天晚上，你把我叫到你家，托我给你去办这事，你说：'明天斗争完了，趁这个热盘儿容易办。'我说人家早就要'自由'给小宝，你说：'不能想个办法先把小宝撵过一边？'恰巧我那天晚上回去就碰见小宝跟聚财从家出来，第二天早上我又跟你商量先斗小宝，你说可以，那天就把小宝也斗了。到了晚上我去叫安发，顺路到你那里问主意。我说：'不答应怎么办？'你说：'你看着吧！对付小宝你还能想出办法来，还怕对付不了个聚财？'你还不知道我是个什么人？你叫我看着办，我要不出点坏主意怎么能吓唬住人？要金镯子的主意是我出的，东家可是你当的！"听小旦这么一说，聚财在后边也说了话。他说："我活了五十四岁了，才算见小旦说过这么一回老实话！这真是个说理的地方！"他说了这么两句话，一肚子闷气都散了，就舒舒服服坐下去休息，也再没有想到怕他们报复。小宝又站起来说："主席！这总能证明斗争我是谁布置的吧？这总能证明要过金镯子没有吧？这总能证明是强迫呀还是自愿吧？"另一个党员说："主席！只这一件事我也提议开除小昌！"另有好几个党员都说："我也附议。""我也附议。"……

田寡妇看瓜

元孩向大家说："我看这件事就算说明了，今天前晌的会就开到这里吧！处分问题，我看还是以后再说，因为小昌的事情还多，不能单以这件事来决定他的处分。以下请组长讲讲话！"

工作团的组长站起来说："这件事从工作团来到这里，小宝就反映上来了，我们好久不追究，为的是叫小昌自己反省。从今天追究出来的实际情形看，小昌那反省尽是胡扯淡啦！小昌！你想想这是件什么事？为了给自己的孩子订婚，在党内党外布置斗争，打击自己的同志，又利用流氓威胁人家女方，抢了自己同志的恋爱对象，这完全学的是地主的套子，哪里像个党员办的事？最不能原谅的，是你在党内反省了一个多月，一字也没有提着这事的真相，别人一提你就辩护，这哪里像个愿意改过的人？给你个机会叫你反省你还不知道自受，别人谁还能挽救你？你这种行为应该受到党的处分！此外我还得说说小旦！小旦！我们今天开的是整党会，你不是党员，这个会上自然不好处分你。不过我可以给你先捎个信：你不要以为你能永远当积极分子！在下河村谁也认得你那骨头！土改以后，群众起来了！再不能叫你像以前那样张牙舞爪了，从前得罪过谁，老老实实去找人家赔情认错！人家容了你，是你的便宜；人家不容你，你就跟人家到人民法庭上去，该着什么处分，就什么处分！那是你自作自受，怨不着别人！"

组长讲完了，元孩就宣布散会。大家正站起来要走，软英说："慢点！我这婚姻问题究竟算能自主不能？"区长说："整党会上管不着这事！我代表政权答复你：你跟小宝的关系是合法的。你们什么时候想订婚，到区上登记一下就对了，别人都干涉不着。"

散会以后，二姨挤到工作团的组长跟前说："组长！我是上河人！你们这工作团不能请到我们上河工作工作？"组长说："明年正月就要去！"

一九四八年十月十八日

"关公"制住"周仓"[①]

　　很早很早的时候，有一年天气很旱，自从春天按上小苗，一直到数上伏还没有落场透雨，庄稼人眼巴巴望着天空，连片云彩也看不到，老是一轮血红的太阳每天从东边上来落到西边去。一株株的禾苗都给晒焦了。

　　这时候，狡猾诡诈的神婆就出头了。她逢人就说："天不下雨是因为大家都不敬周仓爷爷，惹得他老人家走上天宫，奏给玉皇，说咱村的人犯了律条，应该受灾受难，玉皇准了他的本，这才遭下这场旱灾。"大家听了都吓得大惊失色，半天说不上一句话来，神婆的脸上却显得更神气了，用眼睛四下里睃看着。一个老汉带着恳求的心情说："请他老人家给咱消灾免难吧——可是到什么地方去求呢？恐怕得你给咱们出把力气了！"神婆看见大家已经进了圈套，便张牙舞爪起来："这个——我当然是可以办到

① 原载 1948 年 8 月《新华日报》太行版，署名"村夫"。本书据《工农兵》杂志第 4 卷第 9 期。

的，就看大家虔心如何。"众人一听这话，觉得事情还有一线希望，异口同声地说："天哪！谁还能没虔心，他不要命了吗？"神婆这时已经勒住了大家的命运，她又说话了："好！那么明天，我在土地庙里设坛，大家都到。"

第二天，大人小孩黑压压地挤下一庙院，神婆坐在香桌后面，就怪声怪气地"下神"了："俺是东山周老爷哪，你村的人就不信俺呀！"一些年岁较大的人们在前面跪着连声地说："信你来人家……天旱了。"神婆又唱道："要是信服俺呀，俺就给你显神灵，红神马来要三匹，青神马来两匹整（就是红布和青布，每'匹'三尺），再给俺五斗喂马料，俺好喂饱马儿骑着上天宫，玉皇面前求个情，三天以内要成功。"这时，满院的人们齐声说："大青大红一定齐备，只求老爷给场饱雨。"

"马匹"草料都送到神婆家了，可是总没有见她骑马上天。只是在街上步行地转来转去好像在寻找上天的道路。一天、两天、三天，眼看期限已过，还是红日当空，万里无云。神婆这时确实有些焦躁了。但是人们并没有敢讲什么，还盼望着要在晚间一声雷响，大雨倾盆而来，不是也不误事吗？

一个卖烧饼的小贩挑着担子走进了村，神婆一见，计上心来，说他冲了周仓老爷的神驾，指画着众人快把他捆起〔送〕关帝庙上去。神婆嘴里不断地嚷着："眼看着雨

田寡妇看瓜

就要来，这一下，哼……我可不能管了。"众人便蜂拥上来，七手八脚把这个小贩捆起，拖着往庙上走，担子早被扔在一边。这时小贩心里忖度着：什么冲了周仓爷爷啦，明明是前几天两个烧饼没赊给她——她会祈雨吗？！这个小贩倒也乖巧，他边走边想，忽然记起周仓是属关公所管来，灵机一动，马上就把眼睛一瞪，脖子一扭也下来神了："我是蒲州关云长呀，救灾救难到下方，你们小民好大胆，为啥敢把我来绑！"众人一听"关云长"三字，都面面相觑，不知所以。有的人赶快上前解开绳子，祷告着说："小民不知，老爷莫怪……只求下场饱雨。"神婆原在后边跟着，听说关公又下来啦，心中着实有点发毛，便挨近前来观察动静。这时大家已经来到庙内，小贩看见成功，就索性坐在"周仓"坐的椅子上连着讲下去："要想下雨并不难呀，我专为此事到这边，大家诚心来祈雨，我差周仓走一番。明天庙里设香案，单请周仓来跪坛，连跪三明并三晚，不喝水来不吃饭。为啥周仓不吃饭？表明小民粮食完；为啥周仓不喝水？说是天旱井底干。周仓跪香三天过，天上甘霖降下来……"神婆听到这里，吓得面如土色，趴在地上，磕头像捣蒜一样，嘴里喃喃祷告："老天爷呀！我可不是周仓，前天下神不过是捉弄大家，为得那几尺青几尺红罢了。我哪里能求雨？要叫我连跪三天，晒也晒成口烧猪了，不用说再不吃不喝啦。我下神，完全是装的……"众人一听这话，马上怒火冲天，眼看就要跟她过不去。"关公"这时离开椅子赶忙说："大家不要打她，她装我也是装的，她既不是周仓，我也就不是关公了。打她也打不出雨来。大家要想防旱，一个老办法：开渠凿井，担水浇苗。祈神求鬼都是枉然。——请把我的烧饼担子找来，我还要到西村赶买卖去。"

这时，庙院里的空气活泼起来了，大家心中彻底明亮："周仓爷爷"原来如此。唯有神婆还在地上趴着，脸上青一块红一块地恨着没个地缝能钻下去。

1949 年

传家宝 ①

一

有个区干部叫李成，全家一共三口人——一个娘、一个老婆、一个他自己。他到区上做工作去，家里只剩下婆媳两个，可是就只这两个人，也有些合不来。

在乡下，到了阴历正月初二，照例是女人走娘家的时候，在本年（一九四九年）这一大早饭时，李成娘又和媳妇吵起来：

李成娘叫着媳妇的名字说："金桂！准备准备走吧！早点去早点回来！"她这么说了，觉着一定能叫媳妇以为自己很开明，会替媳妇打算。其实她这次的开明，还是为她自己打算：她有个女儿叫小娥，嫁到离村五里的王家

① 原载 1949 年 4 月 19 日至 21 日《人民日报》，本年由苏南、冀南等新华书店出版单行本。

149

寨，因为女婿也是区干部，成天不在家，一冬天也没顾上到娘家来。她想小娥在这一天一定要来，来了母女们还能不谈谈心病话？她的心病话，除了评论媳妇的短处好像再没有什么别的，因此便想把媳妇早早催走，免得一会儿小娥回来了说话不方便。

金桂是个女劳动英雄，一冬天赶集卖煤，成天打娘家门过来过去，几时想进去看看就进去看看，根本不把走娘家当成件稀罕事。这天要是村里没有事，她自然也可以去娘家走走，偏是年头腊月二十九，区上有通知，要在正月初二这一天派人来村里开干部会，布置结束土改工作，她是个妇联会主席，就不能走开。她听见婆婆说叫她走走娘家，本来可以回答一句"我还要参加开会"，可是她也不想这样回答，因为她知道婆婆对她当干部这个事早就有一大堆不满意，这样一答话，保不定就会吵起来，因此就另找了个理由回答说："我暂且不去吧！来了客人不招待？"

婆婆说："有什么客人？也不过是小娥吧？她来了还不会自己做顿饭吃？"

金桂说："姐姐来了也是客人呀？况且还有姐夫啦？"

婆婆不说什么了，金桂就要切白菜，准备待客用。她切了一棵大白菜，又往水桶里舀了两大瓢水，提到案板跟前，把案板上的菜搓到桶里去洗。

李成娘一看见金桂这些举动就觉着不顺眼：第一，她觉着不像个女人家的举动。她自己两只手提起个空水桶来，走一步路还得叉开腿，金桂提满桶水的时候也才只用一只手；她一辈子常是用碗往锅里舀水，金桂用的大瓢一瓢水就可以倒满她的小锅，这怎么像个女人？第二，她洗一棵白菜，只用一碗水，金桂差不多就用半桶，她觉着这也太浪费。既然不顺眼了，不说两句她觉得不痛快，可是该说什么呢？说个"不像女人吧"，她知道金桂一定不吃她的，因此也只好以"反对浪费"为理由，来挑一下金桂的毛病："洗一棵白菜就用半桶水？我做一顿饭也用不了那么多！"

"两瓢水吧，什么值钱东西？到河里多担一担就都有了！"金桂也提出自己的理由。

"你有理！你有理！我说的都是错的！"李成娘说了这两句话，气色有点不好。

金桂见婆婆鼓嘟了嘴，知道自己再说句话，两个人就会吵起来，因此也就不再还口，沉住气洗自己的菜。

李成娘对金桂的意见差不多见面就有：嫌她洗菜用的水多，炸豆腐用的油多，通火有些手重，泼水泼得太响……不说好像不够个婆婆派头，说得她太多了还好顶一两句，反正总觉着不能算个好媳妇。金桂倒很大方，不论婆婆说什么，自己只是按原来的计划做自己的事，虽然有时候顶一两句嘴，也不很认真。她把待客用的菜蔬都准备

田寡妇看瓜

好，洗了占不着的家具，泼了水，扫了地上的菜根葱皮，算是忙了一个段落。

把这段事情做完了，正想向婆婆说一声她要去开会，忽然觉得房子里总还有点不整齐，仔细一打量，还是婆婆床头多一口破黑箱子。这口破箱子，年头腊月大扫除她就提议放到床下，后来婆婆不同意，就仍放在床头上，可是现在看来，还是搬下去好——新毯子新被褥头上放上个龇牙咧嘴的破箱子，像个什么摆设？她看了一会儿，跟婆婆商量说："娘！咱们还是把这箱子搬下去吧？"

婆婆说："那碍你的什么事？"

婆婆虽然说得带气，金桂却偏不认真，仍然笑着说："那破破烂烂像个什么样子？你不怕我姐夫来了笑话？来，咱们搬了吧！"

婆婆仍然没好气，冷冰冰地说："你有气力你搬吧！我跟你搬不动！"

她满以为不怕金桂有点气力，一个人总搬不下去，不想金桂仍是笑嘻嘻地答应了一声"可以"，就动手把箱子一拖拖出床沿，用胸口把一头压低了，然后双手抱住箱腰抱下地去，站起一脚又蹬得那箱子溜到床底。

金桂费了一阵气力，才喘了两口气，谁知道这一下就引起婆婆的老火来。婆婆用操场上喊口令的口气说："再给我搬上来！我那箱子在那里摆了一辈子了！你怕丢人你走开！我不怕丢我的人！"金桂见婆婆真生了气，弄得摸不着头脑，只怪自己不该多事。婆婆仍是坚持"非搬上来不可"。

　　其实也不奇怪。李成娘跟这口箱子的关系很深，只是金桂不知道罢了。李成娘原是个很能做活的女人，不论春夏秋冬，手里没做的就觉着不舒服。她有三件宝：一把纺车，一个针线筐和这口黑箱子。这箱子里放的东西也很丰富，不过样数很简单——除了那个针线筐以外，就只有些破布。针线筐是柳条编的，红漆漆过的，可惜旧了一点儿——原是她娘出嫁时候的陪嫁，到她出嫁时候，她娘又给她作了陪嫁，不记得哪一年磨掉了底，她用破布糊裱起来，以后破了就糊，破了就糊，各色破布不知道糊了多少层，现在不只弄不清是什么颜色，就连柳条也看不出来了，里边除了针、线、尺、剪、顶针、钳子之类，也没有什么别的东西。破布也不少，恐怕就有二三十斤，都一捆一捆捆起来的。这东西，在不懂得的人看来一捆一捆都一样，不过都是些破布片，可是在李成娘看来却不那样简单——没有洗过的，按块子大小卷；洗过的，按用处卷——哪一捆叫补衣服，哪一捆叫打褙[1]，哪一捆叫垫鞋底；各有各的特点，各有各的记号——有用布条捆的，有

――――――――――

[1] 打褙，就是用面糊把破布裱起来做鞋用。

田寡妇看瓜

用红头绳捆的，有用各种颜色线捆的，跟机关里的卷宗①上编的有号码一样。装这些东西的黑箱子，原来就是李家的，可不知道是哪一辈子留下来的——榫卯②完全坏了，角角落落都钻上窟窿用麻绳穿着，底上棱上被老鼠咬得跟锯齿一样，漆也快脱落完了，只剩下巴掌大小一片一片的黑片。这一箱里表都在数，再加上一架纺车，就是李成娘的全部家当。她守着这份家当活了一辈子，补补衲衲，哪一天离了也不行。当李成爹在的时候，她本想早给李成娶上个媳妇，把这份事业一字一板传下去，可惜李成爹在时，家里只有二亩山坡地，父子两个都在外边当雇汉，人越穷定媳妇越贵，根本打不起这主意。李成爹死后，共产党来了，自己也分得了地，不多几年定媳妇也不要钱了，李成没有花钱就和金桂结了婚，李成娘在这时候，高兴得面朝西给毛主席磕过好几个头③。一九④里，为了考试媳妇的针工，叫媳妇给她缝过一条裤子，她认为很满意，比她自己做得细致，可是过了几个月，发现媳妇爱跟孩子到地里做活，不爱坐在家里补补衲衲，就有点担心，她先跟

---

① 卷宗，是一组经过分门别类、系统整理而具有内部联系的文件材料。
② 榫卯，官名叫"榫子"，木器中两部分接合的地方，突出的部分叫"榫头"，凿空的部分叫"卯眼"。
③ 那时候毛主席在延安。
④ 一九，结婚后头九天。一种乡俗。晋东南有些地方姑娘结婚后第九日由娘家人接回看望父母，称"接九"，也叫"搬九"。

李成说："男人有男人的活，女人有女人的活……"李成说："我看还是地里活要紧！我自己是村里的农会主席，要多误些工，地里有个人帮忙更好。"半年之后，金桂被村里选成劳动英雄，又选成妇联会主席，李成又被上级提拔到区上工作，地里的活完全交给金桂做，家事也交给金桂管，从这以后，金桂差不多半年就没有拈过针，做什么事又都是不问婆婆自己就做了主，这才叫李成娘着实悲观起来。孩子在家的时候娘对媳妇有意见可以先跟孩子说，不用直接打冲锋；孩子走了只留下婆媳两个，问题就慢慢出来了——婆婆只想拿她的三件宝贝往下传，媳妇觉着那里边没大出息，接受下来也过不成日子，因此两个人从此意见不合，谁也说不服谁。只要明白了这段历史你就会知道金桂搬了搬箱子，李成娘为什么就会发那么大脾气。

金桂见婆婆的气越来越大，不愿意把事情扩大了，就想了个开解的办法，仍然笑了笑说："娘！你不要生气了！你不愿意叫搬下来，我还给你搬上去！"说着低下头去又把箱子从床底拖出来。她正准备往上搬，忽然听得院里有个小女孩叫着："金桂嫂！公所叫你去开会啦！区干部已经来了！"

二

这小女孩叫玉凤，和金桂很好，她在院里叫着"金桂嫂"就跑进来。李成娘一听说叫金桂去开会，觉着又有点不对头，嘴里嘟噜着说："天天开会！以后就叫你们把'开会'吃上！"玉凤虽说才十三岁，心眼儿很多，说话又伶俐。她沉住气向李成娘说："大娘！你还不知道今天开会干什么吗？""我倒管他哩？"李成娘才教训过金桂，气色还没有转过来。玉凤说："听说就是讨论你家的地！"

"那有什么说头？"

"听说你们分的地是李成哥自己挑的，村里人都不赞成。"

"谁说的？四五十个评议员在大会上给我分的地，村里谁不知道？挑的！……"玉凤本来是逗李成娘，李成娘却当了真。

李成娘认了真，玉凤却笑了。她说："大娘！你不是说开会不抵事吗？哈哈哈……"

李成娘这时才知道玉凤是逗她，自己也忍不住一边笑，一边指着玉凤说："你这小捣乱鬼！"

金桂把箱子从床下拖出来正预备往床上搬，玉凤就叫着进来了。她只顾听玉凤跟自己的婆婆捣蛋，也就停住了手站起来，等到自己的婆婆跟玉凤都笑了，自己也忍不住陪着她们笑了一声，笑罢了仍旧弯下腰去搬箱子。李成娘这一会儿气已经消下去，回头看见床头上没有那口破箱子，的确比放上那口破箱子宽大得多，也排场得多，因此当金桂正弯腰去搬箱子的时候，她又变了主意："不用往上搬了，你去开你的会吧！"

金桂见婆婆的气已经消了，自然也不愿意再把那东西搬起来，就答应了一声"也好"，仍然把它推回床下去，然后又把床上放箱子的地方的灰尘扫了一下。她一边扫，一边问玉凤："区上谁来了？"

玉凤说："你还不知道？李成哥回来了。"

"你又说瞎话！"

"真的！他没有回家来吗？"

正说着，李成的姐姐小娥就走进来，大家说了几句见面话以后，金桂问："我姐夫没有来？"

小娥说："来了！到村公所开会去了！——你怎么没有去开会？"

金桂抓住玉凤一条胳膊又用一个拳头在她头上虚张声势地问她："你不是说是你李成哥回来了？"

玉凤缩住脖子笑着说："一提他你去得不快点？"

"你这个小捣乱鬼！"金桂轻轻在玉凤脊背上用拳头按了一下放了手，回头跟小娥说："姐姐！我要去开会，

田寡妇看瓜

顾不上招呼你！你歇一歇跟娘两个人自己做饭吃吧！"小娥也说："好！你快去吧！"李成娘为了跟小娥说起心病话来方便，本来就想把金桂推走，因此也说："你去吧！你姐姐又不是什么生客！"金桂便跟玉凤走了，这时家里只留下她们母女两个。

小娥说："娘！我一冬天也顾不上来看你一眼！你还好吧？"

"好什么？活受啦吧！"

"我看比去年好得多，床上也有新褥新被了！衣裳也整齐干净了！也有了媳妇了……"

李成娘的心病话早就闷不住了，小娥这一下就给她引开了口。她把嘴唇伸得长长地哼了一声说："不提媳妇不生气。古话说：'娶个媳妇过继出个儿。'①媳妇也有本事，孩子也有本事，谁还把娘当个人啦？"说着还落了几点老泪。她擦过泪又接着说："人家一手遮天了，里里外外都由人家管，遇了大事人家会跑到区上去找人家的汉。人家两个人商量成什么是什么，大小事不跟咱通个风。人家办成什么都对！咱还没有问一句，人家就说'你摸不着'！外边人来，谁也是光找人家！谁还记得有个咱？唉，小娥！你看娘还活得像个什么人啦？——说起心病来没个

---

① 当地流行的一句俗话。

完。你还是先做饭吧！做着饭娘再慢慢告诉你！"

小娥说："一会儿再做吧，我还不饿哩！"

"先做着吧！一会儿他姐夫回来也要吃！"

小娥也不再推，一边动手做饭，一边仍跟娘谈话。她说："他姐夫给我们镇上的妇女讲话，常常表扬人家金桂，说她是劳动模范，要大家向她学习，就没有提到她的缺点，照娘这么说起来，虽说她劳动很好，可也不该不尊重老人啊？"

李成娘又把她那下嘴唇伸得长长地哼了一声说："什么好劳动？男人有男人的活，女人有女人的活，她那劳动呀，叫我看来是狗捉老鼠，多管闲事！娶过她一年了，她拈过几回针？纺过几条线？"

小娥笑着说："我看人家也吃上了，也穿上了！"李成娘把下嘴唇伸得更长了些说："破上钱谁不会耍派头？从前我一年也吃不了一斤油，人家来了以后是一月一斤。我在货郎担上买个针也心疼得不得了，人家到集上去鞋铺里买鞋，裁缝铺里做制服，打扮得很时兴。"这老人家，说着就带了气，嗓子越提越高："不嫌败兴！一个女人家到集上买着穿！不怕别人划她的脊梁筋①……"小娥见她动了气，赶紧劝她，又给她倒了碗水叫她润一润喉咙，又

---

① 当地俗话，意思是说不怕别人指着她的脊背笑话她。

用好多别的话才算把她的话打断。

　　小娥很透脱，见娘对金桂这样不满意，再也不提金桂的事，却说着自己一冬天的家务事来消磨时间。可是女人家的事情，总与别的女人家有关系，因此小娥不论说起什么来，她娘都能和金桂的事往一处凑。比方小娥说到互助组，她娘就说"没有互助组来金桂也能往外边少跑几趟"；小娥提到合作社，她娘就说"没有合作社来金桂总能少花几个钱"；小娥说自己住在镇上很方便，她娘说就是镇上的方便才把金桂引诱坏了的；小娥说自己的男人当干部，她娘说就是李成当干部才把媳妇娇惯了的。

　　小娥见娘的话左右摆不脱金桂，就费尽心思拣娘爱听的说。她知道娘一辈子爱做针线活，爱纺棉花，就把自己年头一冬天做针线活跟纺棉花的成绩在娘面前夸一夸。她说她给合作社纺了二十五斤线，给鞋铺纳了八对千针底，给裁缝铺钉了半个月制服扣子。她说到鞋铺和裁缝铺，还生怕娘再提起金桂做制服和买鞋的事来，可是已经说开头了不得不说下去。她娘呢，因为只顾满意女儿的功劳，倒也没有打断女儿的话再提金桂的事，不过听到末了，仍未免又跟金桂连起来，她说："看我小娥！金桂那东西能抵住我小娥一分的话，我也没有说的！她给谁纺过一截线？给谁做过一针活？"她因为气又上来了，声音提得很高，连门外的脚步声也没有听见，赶到话才落音，金桂就揭着门帘进来了，小娥的丈夫也跟在后面。

三

李成娘一见他们两个人进来，觉着"真他娘的不凑巧"。

小娥觉着不对，赶紧把话头引到另一边，她向自己丈夫说："今天的会怎么散得这样快？"

她丈夫说："这会儿只是和几个干部接一下头，到晚上才正式开会。"

只说了这么几句简单话大家坐下了，谁也再没有什么话说，金桂的脸色就很不平和。

金桂平常很大方，婆婆说两句满不在乎，可是这一次有些不同：小娥的丈夫是她的姐夫，可也是她的上级。她想婆婆在小娥面前败坏自己，小娥如何能不跟她自己的丈夫说？况且真要是自己的错误也还可说，自己确实没错，只是婆婆的见解不对，她觉着犯不着受这冤枉。

小娥的丈夫见她们婆媳的关系这样坏，也断不定究竟哪一方面对。他平常很信任金桂，到处表扬她，叫各村的妇女向她学习，现在听见她婆婆对她十分不满意，反疑惑自己不了解情况，对金桂保不定信任太过，因此就想再来调查研究一番。他见大家都不说话，就想趁空子故意撩

田寡妇看瓜

一撩金桂。他笑着问小娥："你们背地里谈论人家金桂什么事，惹得人家鼓嘟着嘴！"

金桂还没有开口，李成娘就抢先说："听见叫她听见吧，我又没有屈说了她！你问她一冬天拈过一下针没有？纺过一寸线没有？"

婆婆开了口，金桂脸上却又和气得多了。金桂只怕没有机会辩白引起上级的误会，如今既然又提起来了，正好当面辩白清楚，因此反觉着很心平。她说："娘！你说得都对，可惜是你不会算账。"又回头向小娥的丈夫说："姐夫你给我算着：纺一斤棉花误两天，赚五升米；卖一趟煤，或做一天别的重活，只误一天，也赚五升米！你说还是纺线呀还是卖煤？"

小娥的丈夫笑了。他用不着回答金桂就向小娥说："你也算算吧！虽然都还是手工劳动，可是金桂劳动一天抵住你劳动两天！我常说的'妇女要参加主要劳动'，就是说要算这个账！"

李成娘觉着自己输了，就赶紧另换一件占理的事。她又说："哪有这女人家连自己的衣裳鞋子都不做，到集上买着穿？"她满以为这一下可要说倒她，声音放得更大了些。

金桂不慌不忙又向她说："这个我也是算过账的：自己缝一身衣服得两天；裁缝铺用机器缝，只要五升米的工钱，比咱缝得还好。自己做一对鞋得七天，还得用自己的材料，到鞋铺买对现成的才用斗半米，比咱做得还好。我九天卖九趟煤，五九赚四斗五；缝一身衣服买一对鞋，一共才花二斗米，我为什么自己要做？"

等不得金桂说完，李成娘就又发急了。她觉着两次都输了，总得再争口气——嗓子再放大一点儿，没理也要强占几分。她大喊起来："你做得对！都对！没有一件没理的！"又向女婿喊："你们这些区干部，成天劝大家节约节约！我活了一辈子了，没有听说过什么是'节约'，可是我一年也吃不了一斤油，我这节约媳妇来了是一月吃一斤。你们都会算账，都是干部！就请你们给我算算这笔账！"

她越喊得响亮，女婿越忍不住笑，等她喊完了，女婿已笑得合不上口。女婿说："老人家，你不要急！我可以替你算算这笔账：两个人一月一斤油，一个人一天还该不着三钱，不能算多。'节约'是不浪费的意思。非用不行的东西，用了不能算是浪费……"

李成娘说："你们这些当干部的是官官相护！什么非用不行？我一辈子吃糠咽菜也活了这么大！"

金桂说："娘！我不过年轻点吧，还不是吃糠长大的？这几年也不是光咱吃得好一点儿，你到村里打听一下，不论哪家一年还不吃一二十斤油？"

田寡妇看瓜

　　小娥的丈夫又帮助金桂说："老人家！如今世道变了，变得不用吃糠了！革命就是图叫咱们不吃糠，要是图吃糠谁还革命哩？这个世道还是才往好处变，将来用机器种起地来，打下的粮食能抵住如今两三倍，不说一月吃一斤油，一天还得吃顿肉哩！"他这番话似乎已经把李成娘的气给平下去了，要是不再说什么也许就没事了，可是不幸又接着说了几句，就又引起了大事。他接着说："老人家！依我说你只用好吃上些好穿上些，过几年清净日子算了！家里的事你不用管他！"

　　"你这区干部就说这种理？我死了就不用管了，不死就不能由别人摆布我！"李成娘动了大气，也顾不上再和女婿讲客气。她说金桂不做活、浪费还都不是很重要的问题，最要紧的是恨金桂不该替她做了当家人，弄得她失掉了领导权。她又是越说越带气："这是我的家！她是我娶来的媳妇！先有我来先有她来？"

　　小娥的丈夫说："老人家！不是说不该你管，是说你上年纪了，如今新事情你有些摸不着！管不了！"

　　"管不了？娶过媳妇才一年啊！从前没有媳妇我也活了这么大！她有本事叫她另过日子去！我不图沾她的光！大小事不跟我通一通风，买个驴都不跟我商量！叫她先把我灭了吧！"

　　金桂向来还猜不到婆婆跟自己这样过不去，这会儿听婆婆这么一说，也真正动了点小脾气。她说："娘！你也不用跟我分家了！你想管你就管，我落上一个清净算了！"说着就跑回自己房里去。小娥当她回房去寻死，赶紧跟在她后面。可是当小娥才跑到她门口，她却挟了个小布包返出来跑到婆婆的房子里，向婆婆说："娘！让我交代你！"

小娥看见已经怄成气了，赶紧拉住金桂说："金桂！不要闹！娘是老糊涂了，像……"

小娥的丈夫倒很沉得住气，他也不劝金桂也不劝丈母，倒向小娥说："你不用和稀泥！我看就叫金桂把家务交代给老人家也好！老人家管住家务，金桂清净一点儿倒还能多做一点儿活！"又回头向金桂挤了挤眼说："金桂你不要动气！说正经的，你说对不对？"

金桂见姐夫是帮自己，马上就又转得和和气气地顺着姐夫的话说："谁动气来？"又向婆婆说："娘！我不是跟你生气！我不知道你想管这个！你早说来我早就交代你了！"说着就打开小包，取出一本账和几沓票子来。

李成娘见媳妇拿出账本，还以为是故意难为她这不识字的人，就又说："我不识字！不用拿那个来捉弄我！"

金桂仍然正正经经地说："我才认得几个字？还敢捉弄人？我不是叫娘认字！我是自己不看账记不得！"

小娥的丈夫也趴到床边说："让我帮你办交代！先点

票子吧！"他点一沓向丈母娘跟前放一沓，放一沓报个数目——"这是两千元的冀南票，五张共是一万！""这是两张两千的，一张一千的，十张五百的，也是一万！"……他还没有点够三万，丈母娘早就弄不清楚了，可是也不好意思说接管不了，只插了一句话说："弄成各色各样的有什么好处，哪如从前那铜圆好数？"女婿没有管她说话是什么，仍然点下去，点完了一共合冀南票的五万五。

点过了票，金桂就接着交代账上的事。她翻着账本说："合作社的来往账上，咱欠人家六万一。他收过咱二斗大麻子，一万六一斗，二斗是三万二。咱还该分两三万块钱红，等分了红以后你好跟他清算吧！互助组里去年冬天羊踩粪，欠人家六升羊工伙食米。咱还存三张旧工票，一张大的是一个工，两张小的是四分工，共是一个零四分。这个是该咱得米，去年秋后的工资低，一个工是二升半。大后天组里就要开会结束去年的工账，到那时候要跟人家找清……"

婆婆连一宗也没听进去，已经觉得很厌烦。她说："怎么有这么多的穷事情？麻麻烦烦谁记得住？"

小娥听着也替娘发愁，见娘说了话，也跟着劝娘说："娘！你就还叫金桂管吧，自己揽那些麻烦做甚哩？这比你黑箱子里那东西麻烦得多哩？"

李成娘觉着不止比箱子里的东西样数多，并且是包也没法包，卷也没法卷，实在不容易一捆一捆弄清楚。她这会儿倒是愿意叫金桂管，可也似乎还不愿意马上说丢脸话。

金桂仍然交代下去。她说："不怕娘！只剩五六宗了——有几宗是和村公所的，有几宗是和集上的，差务账上，咱一共支过十个人工八个驴工，没有算账。咱还管过好几回过路军人的饭，人家给咱的米票，还没有兑。这两张，每张是十一两。这五张，每张是……"

"实在麻烦，我不管了！你弄成什么算什么！我吃上个清净饭拉倒！"李成娘赌气认了输，把腿边的一堆票子往前一推。

小娥的丈夫哈哈大笑起来。他说："我原来不是说叫你'过几年清净日子算了'吗？"又向金桂说："好好好！你还管起来吧！"又向小娥说：

"我常叫你们跟金桂学习，就是叫学习这一大摊子！成天说解放妇女解放妇女，你们妇女们想真得到解放，就得多做点事，多管点事，多懂点事！咱们回去以后，我倒应该照金桂这样交代交代你！"

一九四九年四月十一日

田寡妇看瓜 [①]

南坡庄上穷人多，地里的南瓜豆荚常常有人偷，雇着看庄稼的也不抵事，各人的东西还得各人操心。最爱偷人的叫秋生，因为自己没有地，孩子老婆五六口，全凭吃野菜过日子，偷南瓜摘豆荚不过是顺路捎带。最怕人偷的是田寡妇，因为她园地里的南瓜豆荚结得早——南坡庄不过三四十家人，有园地的只是王先生和田寡妇两家，王先生有十来亩，可是势头大，没人敢偷；田寡妇虽说只有半亩，可是既然没人敢偷王先生的，就该她一家倒霉，因此她每年夏秋两季总要到园里去看守。

一九四六年春天，南坡庄经过土地改革，王先生是地主，十来亩园地给穷人分了；田寡妇是中农，半亩园地自然仍是自己的。到了夏天园地里的南瓜豆荚又早早结了果，田寡妇仍然每天到地里看守。孩子们告她说："今年

[①] 原载 1949 年 5 月 14 日《大众日报》。

不用看了，大家都有了。"她不信，因为她只到过自己园里，王先生的园在哪里她都不知道。

也难怪她不信孩子们的话，她有她的经验：前几年秋生他们一伙人，好像专门跟她开玩笑——她一离开园子就能丢了东西。有一次，她回家去端了一碗饭，转来了，秋生正走到她的园地边，秋生向她哀求："嫂！你给我个小南瓜吧！孩子们饿得慌！"田寡妇没好气，故意说："哪里还有？都给贼偷走了！"秋生明知道是说自己，也还不得口，仍然哀求下去，田寡妇怕他偷，也不敢深得罪他；看看自己的嫩南瓜，哪一个也舍不得摘，挑了半天，给他摘了拳头大一个，嘴里还说："可惜了，正长哩。"她才把秋生打发走，王先生恰巧摇着扇子走过来。王先生远远指着秋生的脊背跟她说："大害大害！庄上出下了他们这一伙子，叫人一辈子也不得放心！"说着连步也没停就走过去了。这话正投了她的心思，她一辈子也忘不了，因此孩子们说"今年不用看了"，她总听不进去，不管她信不信，事实总是事实。有一天她中了暑，在家养了三天病，园子里没丢一点儿东西。后来病好了虽说还去看，可是家里忙了，隔三五天不去也没事，隔十来天不去也没事，最后她把留作种子的南瓜上都刻了些十字作为记号，就决定不再去看守。

快收完秋的时候，有一天她到秋生院里去，见秋生

田寡妇看瓜

院里放着十来个老南瓜，有两个上边刻着十字，跟她刻的那十字一样，她又犯了疑。她有心问一问，又没有确实把握，怕闹出事来，才又决定先到园里看看。她连家也没回就往园里跑，跑到半路恰巧碰上秋生赶着个牛车拉了一车南瓜。她问："秋生！这是谁的南瓜？怎么这么多？"秋生说："我的！种得太多了！""你为什么种那么多？""往年孩子们见了南瓜馋得很，今年分了半亩园地我说都把它种成南瓜吧！谁知道这种粗笨东西多了就多得没个样子，要这么多哪吃得了？种成粮食多合算？""吃不了不能卖？'卖？今年谁还缺这个？上哪里卖去？园里还有！你要吃就打发孩子们去担一些，光叫往年我吃你的啦！"他说着赶着车走了，田寡妇也无心再去看她的南瓜。

一九四九年五月十日

1950年

登　记^①

一、罗汉钱

诸位朋友们：今天让我来说个新故事。这个故事题目叫《登记》，要从一个罗汉钱说起。

这个故事要是出在三十年前，"罗汉钱"这东西就不用解释；可惜我要说的故事是个新故事，听书的朋友们又有一大半是年轻人，因此在没有说故事以前，就得先把"罗汉钱"这东西交代一下：

据说罗汉钱是清朝康熙年间铸的一种特别钱，个子也和普通的康熙钱一样大小，只是"康熙"的"熙"字左边少一直画；铜的颜色特别黄，看起来有点像黄金。相传铸那一种钱的时候，把一个金罗汉像化在铜里边，因此一

① 原载《说说唱唱》1950年第6期，同年9月工人出版社出版单行本。本书据《下乡集》。

田寡妇看瓜

个钱有三成金。这种传说可靠不可靠不是我们要管的事，不过这种钱确实有点可爱——农村里的青年小伙子们，爱漂亮的，常好在口里衔一个罗汉钱，和城市人们爱包镶金牙的习惯一样，直到现在还有些偏僻的地方仍然保留着这种习惯；有的用五个钱叫银匠给打一只戒指，戴到手上活像金的。不过要在好多钱里挑一个罗汉钱可很不容易：兴制钱①的时候，聪明的孩子们，常好在大人拿回来的钱里边挑，一年半载也不见得能碰见一个。制钱虽说不兴了，罗汉钱可是谁也不出手的，可惜是没有几个。说过了钱，就该说故事：

有个农村叫张家庄。张家庄有个张木匠。张木匠有个好老婆，外号叫个"小飞蛾"。小飞蛾生了个女儿叫艾艾，算到一九五〇年阴历正月十五元宵节，虚岁二十，周岁十九。庄上有个青年叫小晚，正和艾艾搞恋爱。故事就出在他们两个人身上。

照我这么说，性急的朋友们或者要说我不在行："怎么一个'罗汉钱'还要交代半天，说到故事中间的人物，反而一句也不交代？照这样说下去，不是五分钟就说完了吗？"其实不然：有些事情不到交代的时候，早早交代出来是累赘；到了该交代的时候，想不交代也不行。闲话少

① 制钱，明清两代按其本朝定制由官炉所铸的铜钱。

说，我还是接着说吧：

张木匠一家就这么三口人——他两口子和这个女儿艾艾——独住一个小院：他两口住北房，艾艾住西房。今年①阴历正月十五夜里，庄上又要玩龙灯，张木匠是老把式，甩尾巴的，吃过晚饭丢下碗就出去玩去了。艾艾洗罢了锅碗，就跟她妈相跟着，锁上院门，也出去看灯去了。后来三个人走了个三岔：张木匠玩龙灯，小飞蛾满街看热闹，艾艾可只看放花炮起火，因为花炮起火是小晚放的。艾艾等小晚放完了花炮起火就回去了，小飞蛾在各街道上飞了一遍也回去了，只有张木匠不玩到底放不下手，因此他回去得最晚。

艾艾回得北房里等了一阵等不回她妈来，就倒在她妈的床上睡着了。小飞蛾回来见闺女睡在自己的床上，就轻轻推了一把说："艾艾！醒醒！"艾艾没有醒来，只翻了一个身，有一个明晃晃的小东西从她衣裳口袋里溜出来，丁零一声掉到地下，小飞蛾端过灯来一看："这闺女！几时把我的罗汉钱偷到手？"她的罗汉钱原来藏在板箱子里边的首饰匣子里。这时候，她也不再叫艾艾，先去放她的罗汉钱。她拿出钥匙来，先开了箱子上的锁，又开了首饰匣子上的锁，到她原来放钱的地方放钱："咦！怎么我

---

① 指 1950 年。——作者原注。

田寡妇看瓜

的钱还在？"摸出来拿到灯下一看：一样，都是罗汉钱，她自己那一个因为隔着两层木头没有见过潮湿气，还是那么黄，只是不如艾艾那个亮一点儿。她看了艾艾一眼，艾艾仍然睡得那么憨（酣）。她自言自语说："憨闺女！你怎么也会干这个了？说不定也是戒指换的吧？"她看看艾艾的两只手，光光的；捏了捏口袋，似乎有个戒指，掏出来一看是顶针圈儿。她叹了一口气说："唉！算个甚？娘儿们一对戒指，换了两个罗汉钱！明天叫五婶再去一趟赶快给她把婆家说定了就算了！不要等闹出什么故事来！"她把顶针圈儿还给艾艾装回口袋里去，拿着两个罗汉钱想起她自己那一个钱的来历。

这里就非交代一下不行了。为了要说明小飞蛾那个罗汉钱的来历，先得从小飞蛾为什么叫"小飞蛾"说起：

二十多年前，张木匠在一个阴历腊月三十娶亲。娶的这一天，庄上人都去看热闹。当新媳妇取去了盖头红的时候，一个青年小伙子对着另一个小伙子的耳朵悄悄说："看！小飞蛾！"那个小伙子笑了一笑说："活像！"不多一会儿，屋里，院里，你的嘴对我的耳朵，我的嘴又对他的耳朵，咯里咯嗻都嚷嚷这三个字——"小飞蛾""小飞蛾""小飞蛾"……

原来这地方一个梆子戏班里有个有名的武旦，身材不很高，那时候也不过二十来岁，一出场，抬手动脚都有戏，眉毛眼睛都会说话。唱《金山寺》她装白娘娘，跑起来白罗裙满台飞，一个人撑满台，好像一只蚕蛾儿，人都叫她"小飞蛾"。张木匠娶的这个新媳妇就像她——叫张木匠自己说，也说是"越看越像"。

第二天是大年初一，按这地方的习惯，用两个妇女搀着新媳妇，一个小孩在头里背条红毯儿，到邻近各家去拜个年——不过只是走到就算，并不真正磕头。早饭以后，背红毯的孩子刚一出门，有个青年就远远地喊叫："都快看！小飞蛾出来了！"他这么一喊，马上聚了一堆人，好像正月十五看龙灯那么热闹，新媳妇的一举一动大家都很关心："看看！进了她隔壁五婶院子里了！""又出来了又出来了！到老秋孩院子里去了！……"

张木匠娶了这么个媳妇，当然觉得是得了个宝贝，一九^①里，除了给舅舅去拜了一趟年，再也不愿意出门，连明带夜陪着小飞蛾玩；穿起小飞蛾的花衣裳扮女人，想逗小飞蛾笑；偷了小飞蛾的斗方^②戒指，故意要叫小飞蛾满屋子里撵他，……可是小飞蛾偏没心情，只冷冷地跟他说："不要打哈哈！"

几个月过后，不知道谁从小飞蛾的娘家东王庄带了

----

① 一九，结婚后头九天。一种乡俗。晋东南有些地方姑娘结婚后第九日由娘家人接回看望父母，称"接九"，也叫"搬九"。
② 斗方，正方形。原指一二尺见方的诗幅或书画页。

田寡妇看瓜

一件消息来，说小飞蛾在娘家有个相好的叫保安。这消息传到张家庄，有些青年小伙子就和张木匠开玩笑："小木匠，回去先咳嗽一声，不要叫跟保安碰了头！""小飞蛾是你的？至少有人家保安一半！"张木匠听了这些话，才明白了小飞蛾对自己冷淡的原因，好几次想跟小飞蛾生气，可是一进了家门，就又退一步想："过去的事不提它吧，只要以后不胡来就算了！"后来这消息传到他妈耳朵里，他妈把他叫到背地里，骂了他一顿"没骨头"，骂罢了又劝他说："人是苦虫！痛痛打一顿就改过来了！舍不得了不得……"他受过了这顿教训以后，就好好留心找小飞蛾的岔子。

有一次他到丈人家里去，碰见保安手上戴了个斗方戒指，和小飞蛾的戒指一个样；回来一看小飞蛾的手，小飞蛾的戒指果然只留下一只。"他妈的！真是有人家保安一半！"他把这消息报告了他妈，他妈说："快打吧！如今打还打得过来！要打就打她个够受！轻来轻去不抵事！"他正一肚子肮脏气，他妈又给他打了打算盘，自然就非打不行了。他拉了一根铁火柱正要走，他妈一把拉住他说："快丢手！不能使这个！细家伙打得疼，又不伤骨头，顶好是用小锯子上的梁！"

他从他的一捆木匠家具里边抽出一条小锯梁子来，尺半长，一指厚，木头很结实，打起来管保很得劲。他妈

178

为什么知道这家具好打人呢？原来他妈当年轻时候也有过小飞蛾跟保安那些事，后来是被老木匠用这家具打过来的。闲话少说，张木匠拿上这件得劲的家伙，黑丧着脸从他妈的房子里走出来，回到自己的房里去。

小飞蛾见他一进门，照例应酬了他一下说："你拿的那个是什么？"张木匠没有理她的话，用锯梁子指着她的手说："戒指怎么只剩了一只？说！"这一问，问得小飞蛾头发根一支权。小飞蛾抬头看看他的脸，看见他的眼睛要吃人，吓得她马上没有答上话来，张木匠的锯梁子早就打在她的腿上了。她是个娇闺女，从来没有挨过谁一下打，才挨了一下，痛得她叫了一声低下头去摸腿，又被张木匠抓住她的头发，把她按在床边上，拉下裤子来"啪啪啪"一连打了好几十下。她起先还怕招得人来看笑话，憋住气不想哭，后来实在支不住了，只顾喘气，想哭也哭不上来，等到张木匠打得没了劲扔了家伙走出去，她觉得浑身的筋往一处抽，喘了半天才哭了一声就又压住了气，头上的汗，把头发湿得跟在热汤里捞出来的一样，就这样喘一阵哭一声喘一阵哭一声，差不多有一顿饭工夫哭声才连起来。一家住一院，外边人听不见，张木匠打罢了早已走了，婆婆连看也不来看，远远地在北房里喊："还哭什么？看多么排场？多么有体面？"小飞蛾哭了一阵以后，屁股蛋疼得好像谁用锥子剜，摸了一摸满手血，咬着牙兜起裤子，站也站不住。

她的戒指是怎样送给保安的，以后张木匠也没有问，她自己自然也没有说。原来是她在端午那一天到娘家去过节，保安想要她个贴身的东西，她给保安卸了一个戒指；她也要叫保安给她个贴身的东西，保安把口里衔的罗汉钱送了她。

自从她挨了这一顿打之后，这个罗汉钱更成了她的宝贝。人怕伤了心：从挨打那天起，她看见张木匠好像看见了狼，没有说话先哆嗦。张木匠也莫想看上她一个笑脸——每次回来，从门外看见她还是活人，一进门就变成死人了。有一次，一个鸡要下蛋，没有回窝里去，小飞蛾正在院里撵，张木匠从外边回来，看见她那神气，真有点像在戏台上系着白罗裙唱白娘娘的那个小飞蛾，可是小飞蛾一看见他，就连鸡也不撵了，赶紧规规矩矩走回房子里去。张木匠生了气，撵到房子里跟她说："人说你是'小飞蛾'，怎么一见了我就把你那翅膀耷拉下来了？我是狼？""呱"一个耳刮子。小飞蛾因为不愿多挨耳刮子，也想在张木匠面前装个笑脸，可惜是不论怎么装也装得不像，还不如不装。张木匠看不上不活泼的小飞蛾，觉着家里没了趣，以后到外边做活，一年半载不回家，路过家门口也不愿进去，听说在外面找了好几个相好的。张木匠走了，家里只留下婆媳两个。婆婆跟丈夫是一势，一天跟小飞蛾说不够两句话，路上碰着了扭着脸走，小飞蛾离娘家虽然不远，可是有嫌疑，去不得；娘家爹妈听说闺女丢了丑，也没有脸来看望。这样一来，全世界上再没有一个人跟小飞蛾是一势了，小飞蛾只好一面伺候婆婆，一面偷偷地玩她那个罗汉钱。她每天晚上打发婆婆睡了觉，回到自己房子里关上门，把罗汉钱拿出来看了又看，有时候对着罗汉钱悄悄说："罗汉钱！要命也是你，保命也是你！人家打死我，我也不舍你！咱俩死活在一起！"她有时候变得跟小孩子一样，把罗汉钱暖到手心里，贴到脸上，按到胸上，衔到口里……除了张木匠回家来那有数的几天以外，每天晚上她都是离了罗汉钱睡不着觉，直到生了艾艾，才把它存到首饰匣子里。

她剩下的那只戒指是自从挨打之后就放进首饰匣子里去的。当艾艾长到十五岁那一年，她拿出匣子来给艾艾找帽花，艾艾看见了戒指就要。她生怕艾艾再看见罗汉钱，赶快把戒指给了艾艾就把匣子锁起来了。那时候张木匠和小飞蛾的关系比以前好了一点儿，因为闺女也大了，他妈也死了，小飞蛾和保安也早就没有联系了。又因为两口子只生了艾艾这么个孤闺女，两个人也常借着女儿开开玩笑。艾艾戴上了小飞蛾那只斗方戒指，张木匠指着说："这原来是一对来！"艾艾问："那一只哩？"张木匠说："问你妈！"艾艾正要问小飞蛾，小飞蛾翻了张木匠一眼。艾艾只当是她妈丢了，也就不问了。这只戒指就是这么着到了艾艾手的。

以前的事已经交代清楚，再回头来接着说今年（一九五〇年）正月十五夜里的事吧：小飞蛾手里拿着两个罗汉钱，想起自己那个钱的来历来，其中酸辣苦甜什么味儿也有过：说这算件好事吧，跟着它吃了多少苦；说这算件坏事吧，想一遍也满有味。自己这个，不论好坏都算过去了；闺女这个又算件什么事呢？把它没收了吧，说不定闺女为它费了多少心；悄悄还给她吧，难道看着她走自己的伤心路吗？她正在想来想去得不着主意，听见门外有人走得响，张木匠玩罢了龙灯回来了，因此她也再顾不上考虑，两个钱随便往箱里一丢，就把箱子锁住。

这时候鸡都快叫了，张木匠见艾艾还没有回房去睡，就发了脾气："艾艾，起来！"因为他喊的声音太大，吓得艾艾哆嗦了一下一骨碌爬起来，瞪着眼问："什么事，什么事？"小飞蛾说："不能慢慢叫？看你把闺女吓得那个样子！"又向艾艾说："艾！醒了没有？什么事也没有，你爹叫你回去睡哩！"张木匠说："看你把她惯成什么样子！"艾艾这才醒过来，什么也没有说，笑了一笑就走了。

张木匠听得艾艾回西房去关上门，自己也把门关上，回头一边脱衣服一边悄悄跟小飞蛾说："这两年给咱艾艾提亲的那么多，你总是挑来挑去都觉着不合适。东院五婶说的那一家有成呀没成？快把她出脱^①了吧！外面的闲话可大哩！人家都说：一个马家院的燕燕，一个咱家的艾艾，是村里两个招风的东西。如今燕燕有了主了，就光剩下咱艾艾了！"小飞蛾说："不是听说村公所不准燕燕跟小进结婚吗？我听说他们两个要到区上登记，村公所不给开证明，后来怎么又说成了？"张木匠说："人家说她招风，就指的是她跟小进的事，当然人家不给他们证明！后来说的另一家是西王庄的，是五婶给保的媒，后天就要去办登记！"小飞蛾说："我看村公所那些人也是些假正经，瞎挑眼！既然嫌咱艾艾的名声不好，这两年说媒的为什么那么多哩？民事主任为什么还托着五婶给他的外甥提哩？"张木匠说："我这几天只顾玩灯，也忘记了问你：这一家这几年过得究竟怎么样？"小飞蛾说："我也摸不着！虽说都在一个东王庄，可是人家住在南头，我妈住在北头，没有事也不常走动。五婶说她明天还要去，要不我明天也到我妈家走一趟，顺便到他家里看看去吧？"张木匠说："也可以！"停了一下子他又问小飞蛾说："我再问你个没大小的话：咱艾艾跟小晚究竟是有的事呀没的事？"小飞蛾当然不愿意把罗汉钱的事告诉给他，只推他说："不用管这些吧！闺女大了，找个婆家打发出去就不生事了！"

---

① 出脱，脱手，此处指早些把姑娘嫁出去。

二、眼力

艾艾也和她妈年轻时候一样，自从有了罗汉钱，每天晚上把钱捏手里，衔在口里睡觉。这天晚上回去把衣服上的口袋摸遍了，也找不着罗汉钱，掌着灯满地找也找不着，只好空空地睡了。第二天早晨她比谁也起得早，为了找罗汉钱，起来先扫地，扫得特别细致——结果自然还是找不着。停了一会儿，她听见妈妈开了门，她就又跑去给她妈扫地。她妈见她钻到床底下去扫，明知道她是找钱，也明知道是白费工夫找不着，可是也不好向她说破，只笑着说了一句："看我的艾艾多么孝顺！"

吃过早饭，五婶来叫小飞蛾往娘家去，张木匠照着二十多年来的老习惯自然要跟着去。

张木匠这个老习惯还得交代一下：自从二十多年前他发现小飞蛾把一只戒指送给了保安以后，知道小飞蛾并不爱他，不是就跟小飞蛾不好了吗？可是每当小飞蛾要去娘家的时候，他就又好像很爱护她，步步不离她。后来他妈也死了，艾艾也长大了，两个人的关系又定下来了，可是还不改这个老习惯。有一回，小飞蛾说："还不放心吗？"张木匠说："反正跟惯了，还是跟着去吧！"直到现在还是这样。

五婶、张木匠、小飞蛾三个人都要动身了，小飞蛾说："艾艾！你不去看看你姥姥①！"艾艾说："我不去！初三不是才去过了吗？"张木匠说："不去就不去吧！好好给我看家！不要到外边飞去！"说罢，三个人就相跟着走了。

艾艾仍忘不了找她的罗汉钱。她要是寻出钥匙，到箱子里去找，管保还能多找出一个来，不过她梦也梦不到箱子里，她只沿着她到过的地方找，直找到晌午仍是没有影踪。钱找不着，也没有心思做饭吃，天气晌午多了，她只烤了两个馒头吃了吃。

刚刚吃过馒头，小晚来了。艾艾拉住小晚的手，第一句话就是："罗汉钱丢了！""丢就丢了吧！""气得我连饭也吃不下去！""那也值得生个气？我看那都算不了什么！在这能抵什么用？听说你爹你妈跟东院里五奶奶去给你找主儿去了。是不是？""咱哪里知道那老不死的为什么那么爱管闲事？""咱们这算吹了吧？""吹不了！""要是人家说成了呢？""成不了！""为什么？""我不干！""由得了你？""试试看！"正说着，外边有人进来，两个人赶快停住。

进来的是马家院的燕燕。艾艾说："燕燕姐！快坐

---

① 姥姥：即外祖母。——作者原注。

下！"燕燕看见只有他们两个人，就笑着说："对不起！
我还是躲开点好！"艾艾笑了笑没答话，按住肩膀把她按
得坐到凳子上。燕燕问："你们的事怎么样？想出办法来
了没有？"艾艾说："我们正谈这个！"燕燕的眼圈一红接
着就说："要办快想法，不要学我这没出息的耽搁了事！"
说了这么句话，眼里就滚出两点泪来，引得艾艾和小晚也
陪着她伤心，眼边也湿了。

　　过了一阵，三个人都揉了揉眼，小晚问燕燕："不是
还没有登记？"燕燕说："明天就要去！"艾艾问："这个
人怎么样？"燕燕说："谁可见过人家个影儿？"艾艾又问：
"不能改口了吗？"燕燕说："我妈说：'你不愿意，我就
死在你手！'我还说什么？"艾艾说："去年腊月你跟小
进到村公所去写证明信，村公所不给写，是怎么说的？什
么理由？"燕燕说："什么理由！还不是民事主任那个死
脑筋作怪？人家说咱声名不正，除不给写信，还叫我检讨
哩！"小晚说："明天你再去了，人家民事主任就不要你
检讨了吗？"燕燕说："那还用我亲自去？只要是父母主婚，
谁去也写得出来；真正自由的除不给写还要叫检讨！就那
人家还说是反对父母主婚！"小晚向艾艾说："我看咱这
算吹了！五奶奶今天去给你说的这个，一来是人家民事主
任的外甥，二来又有你妈做主。你妈今天要听了东院五奶
奶的话，回来也跟你死呀活呀地一闹，明天你还不跟人家

到区上去登记？"艾艾说："我妈可不跟我闹，她还只怕我闹她哩！"

正说着，门外跑进一个人来，隔着窗就先喊叫："老张叔叔，老张叔叔！"艾艾拉了燕燕一把说："小进哥哥又来找你！"还没等燕燕答话，小进就跑进来了。燕燕本来想找他诉一诉苦，两三天也没有找着个空子，这会儿见他来了，赶快和艾艾坐到床边，把凳子空出来让他坐，两眼直对着他，可是一时想不起来该怎样开口。小进没有理她，也没有坐，只朝着艾艾说："老张叔叔哩？场上好多人请他教我们玩龙灯去哩！"艾艾说："我爹到我姥姥家去了。你快坐下！"小进说："我还有事！"说着翻了燕燕一眼就走出去，走到院里，又故意叫着小晚说："小晚！到外边玩玩去吧，瞎磨那些闲工夫有什么用处？回去叫你爹花上几石米吧！有的是！"说着就走远了。燕燕一肚子冤枉没处说，一埋头趴在床边哭起来，艾艾和小晚两个人劝也劝不住。

劝了一会儿，燕燕忍住了哭跟他两个人说："我劝你们早些想想办法吧！你看弄成这个样子伤心不伤心？"艾艾说："你看有什么办法？村里的大人们都是些老脑筋，谁也不愿揽咱的事，想找个人到我妈跟前提一提也找不着。"小晚说："说好话的没有，说坏话的可不少；成天有人劝我爹说：'早些给孩子定上一个吧！不要叫尽管耽搁着！'"燕燕猛然间挺起腰来，跟发誓一样地说："我来当你们的介绍人！我管跟你们两头的大人们提这事！"又跟艾艾说："一村里就咱这么两个不要脸闺女，已经耽搁了一个我，难道叫连你也耽搁了？"小晚站起来说："燕燕姐！我给你敬个礼！不论行不行冒跟我爹提一提！不行也不过是吹了吧？总比这么着不长不短好得多！就这样吧，我得走了！不要让民事主任碰上了再叫你们检讨！"说了就走了。

艾艾又和燕燕计划了一下，见了谁该怎样说见了谁该怎样说，东院里五奶奶要给民事主任的外甥说成了又该怎样顶。她两人正计划得起劲，小飞蛾回来了。她两个让小飞蛾坐了之后，燕燕正打算提个头儿，可是还没有等她开口，五婶就赶来了。五婶说："不论说人，不论说家，都没有什么包弹①的！婆婆就是咱村民事主任的姐姐，你还不知道人家那脾气多么好？闺女到那里管保受不了气！你还是不要错打了主意！"小飞蛾说："话叫有着吧！回头我再和她爹商量商量！"五婶见小飞蛾不愿意，又应酬了几句就走了，艾艾可喜得满脸笑窝。

小飞蛾为什么不愿意呢？这就得谈谈她这一次去娘家的经过：早饭后他们三个人相跟着到了东王庄，先到了

---

① 包弹，方言词，挑剔、嫌弃的意思。

小飞蛾她妈家里。五婶叫小飞蛾跟她到民事主任的外甥家里看看去，小飞蛾说："相跟去了不好！不如你先到他家去，我随后再去，就说是去叫你相跟着回去，省得人家说咱是亲自送上门的！"

南头这家也只有三口人——老两口，一个孩子——就是张家庄民事主任的姐姐、姐夫和外甥：孩子玩去了，家里只剩下老两口。五婶一进去，老汉、老婆齐让座。几句见面话说过后，老汉就问："你说的那三家，究竟是哪一家合适些？"五婶说："依我看都差不多，不过那两家都有主了，如今只剩下小飞蛾家这一个了！"老汉说："怎么那么快？"五婶说："十八九的大姑娘自然快得很了！"老婆向老汉说："我叫你快点决定，你偏是那么慢腾腾地拖！好的都叫人家挑完了！"五婶故意说："小一点儿的不少！就再说个十四五的吧？反正还比你的孩子大！"老婆说："老嫂子！不要说笑话了！我要是愿意要十四五的，还用得搬你这么大的面子吗？"五婶说："要大的可算再找不上了！你怎么说'好的都叫人家挑完了'？我看三个里头，就还数人家小飞蛾这一个标致！我想你也该见过吧！长得不是跟二十年前的小飞蛾一个样吗？"老婆说："人样儿蛮说得过去，不过听说她声名不正！"五婶说："要不是那点毛病，还能留到十八九不占个家吗？以前那两个不一样吗？"老婆说："要是有那个毛病，咱不是花着钱买个气布袋吗？"五婶说："你不要听外人瞎谣传！要真有大毛病的话，你娘家兄弟还叫我来给你提吗？那点小毛病也算不了什么，只要到咱家改过来就行！"老汉说："还改什么？什么样的老母下什么样的儿！小飞蛾从小就是那么个东西！"五婶说："改得了！人是苦虫！痛痛打一顿以后就没有事了！"老汉说："生就的骨头，哪里打得过来？"五婶说："打得过来，打得过来！小飞蛾那时候，还不是张木匠一顿锯梁子打过来的？"

他们正说到这里，小飞蛾正走到当院里，正赶上听见五婶末了说的那两句话。她一听，马上停了步，看了看院里没人，就又悄悄溜出院来往回走。她想："难道这挨打也得一辈传一辈吗？去你妈的！我的闺女用不着请你管教！"回到她家里，她妈和张木匠都问："怎么样？"她说："不行！不跟他来！"大家又问她为什么，她说："不提他吧！反正不合适！"她妈见她咕嘟着个嘴，问她怎么那样不高兴，她自然不便细说，只说是"昨天晚上熬了夜"，说了就到套间里睡觉去了。

其实她怎么睡得着呢？五婶那两句话好像戳破了她的旧伤口，新事旧事，想起来再也放不下。她想："我娘儿们的命运为什么这么一样呢？当初不知道是什么鬼跟上了我，叫我用一只戒指换了个罗汉钱，害得后来被人家打了个半死，直到现在还跟犯人一样，一出门人家就得在后边押解着。如今这事又出在我的艾艾身上了。真是冤孽，我会干这没出息事，你偏也会！从这前半截事情看起来，娘儿们好像钻在一个圈子里。傻孩子呀！这个圈子，你妈半辈子没有跳得出去，难道你就也跳不出去了吗？"她又前前后后想了一下：不论是和她年纪差不多的姊妹们，不论是才出了阁的姑娘们，凡有像罗汉钱这一类行为的，就没有一个不挨打——婆婆打，丈夫打，寻自尽的，守活寡的……"反正挨打的根儿已经扎下了！贱骨头！不争气！许就许了吧！不论嫁给谁还不是一样挨打？"头脑要是简单一点儿，打下这么个主意也就算了，可是她的头脑偏不那么简单，闭上了眼睛，就又想起张木匠打她那时候那股牛劲：瞪起那两只吃人的眼睛，用尽他那一身气力，满把子揪住头发往那床沿上"扑通"一按，跟打骡子一样一连打几十下也不让人喘口气……"妈呀！怕煞人了！二十年来，几时想起来都是满身打哆嗦！不行！我的艾艾哪里受得住这个？……"就这样反一遍、正一遍尽管想，晌午就连一点儿什么也吃不下去，为着应付她妈，胡乱吃了四五个饺子。

午饭以后，五婶等不着她，就到她妈家里来找。五婶还要请她到南头看看，她说"怕天气晚了赶天黑趁不到家"。三个人往张家庄走，五婶还要跟她麻烦，说了民事主任的外甥一百二十分好。她因为不想听下去，又拿出

田寡妇看瓜

二十多年前那"小飞蛾"的精神在前边飞，虽说只跟五婶差十来步远，可弄得五婶直赶了一路也没有赶上她。进了村，张木匠被一伙学着玩龙灯的青年叫到场里去了，小飞蛾一直飞回了家。五婶还不甘心，就赶到小飞蛾家里，后来碰了个软钉子，应酬了几句就走了。艾艾见她妈没有答应了，自然眉开眼笑；燕燕看见这情形，也觉着要说的话更好说一点儿。

燕燕趁着小飞蛾没有注意，给艾艾递了个眼色叫她走开。艾艾走开了，燕燕就向小飞蛾说："婶婶！我也给艾艾做个媒吧？"小飞蛾觉着她有点孩子气，笑着跟她说："你怎么也能做媒？"燕燕也笑着说："我怎么就不能做媒？"小飞蛾说："你有人家东院五婶那张嘴？"燕燕说："她那么会说，怎么还没有把你说得答应了她？"小飞蛾说："不合适我就能答应她了？"燕燕说："可见全看合适不合适，不在乎会说不会说！我提一个管保合适！"小飞蛾说："你冒说说！"燕燕说："我提小晚！"小飞蛾说："我早就知道你说的是他！快不要提他！你们这些闺女家，以后要放稳重点！外边闲话一大堆！"燕燕说："我也学东院五奶奶几句话：'不论说人，不论说家，都没有什么包弹的！'不过我的话比她的话实在得多，不像她那老糊涂，'有的说没的道！'婶婶！你想想我的话对不对？"小飞蛾说："你光说好的，不说坏的！外边的闲话你挡得住吗？"燕燕说："闲话也不过出在小晚身上，说闲话的人又都是些老脑筋，索性把艾艾嫁给小晚，看他们还有什么说的？"小飞蛾一想："这孩子不敢轻看！这么办了，管保以后不生闲气，挨打这件事也就再不用传给艾艾了！"她这么一想，觉着燕燕实在伶俐可爱，就伸手抚摩着燕燕的头发说："好孩子！你还当得了个媒人！"燕燕见她转过弯来，就紧赶着问她："婶婶！你算愿意了吧？"小飞蛾说："好孩子！不要急！还有你叔叔！等他回来跟他商量商量！"

　　燕燕说服了小飞蛾，就辞别过小飞蛾去给艾艾报喜信，不想一出门，艾艾就站在窗外。艾艾拉住她的手，叫她不要声张。两个人相跟着到了院门外，燕燕说："都听见了吧！"艾艾说："听见了！谢谢你！"燕燕说："且不要谢，还有一头哩！你先到街上看灯去，到合作社门口那个热闹地方等着我，我到小晚家试试看！"说了就走了。

　　燕燕到了小晚家，也走的是妇女路线，先和小晚他娘接头。这地方的普通习惯，只要女家吐了口，男家的话好说，没有费多大工夫，就说妥了。

　　她跑到合作社门口，拉上艾艾走到个僻静处，把胜利的结果一报告，并且说："只要你妈今天晚上能跟你爹说通，明天就可以去登记。"艾艾听罢，自然是千恩万谢高高兴兴回去了，剩下她想想人家的事，又想想自己的事，两下一对照，伤心得很，趁着这个僻静地方，悄悄哭了一大阵，直到街上人都散了她才回去，回去躺下之后，一直考虑"明天到区上还是牺牲自己呀，还是得罪妈妈"，一夜也不曾合上眼。

小飞蛾呢？自从燕燕和艾艾走出去，她把小晚这一家子细细研究了好几遍：日子也过得，家里也和气，大人们脾气都很平和，孩子又漂亮又能干，年纪也相当，挑来挑去挑不着毛病。这时候，她完全同意了，暗暗夸奖艾艾说："好孩子！你的眼力不错！说闲话的人真是老脑筋！"想到这里，她又想起头一天晚上那个罗汉钱。她又揭开箱子找出那个钱来，心想还了艾艾，又想不知该怎样还她。她正拿着这个在手里搓来搓去想法子，艾艾一股劲儿跑回来。艾艾看见她手里有个东西，就问："妈！你拿了个什么的？"小飞蛾用两根指头捏起来向她说："罗汉钱！""哪儿来的？""我拾（捡）的！""妈！那是我的！""你哪儿来的？""我，我也是拾的！"艾艾说着就笑了。小飞蛾看了看她的脸说："是你的还给了你！"艾艾接过来还装在她的衣裳口袋里。

一会儿，张木匠玩罢龙灯回来了，艾艾回房去做她的好梦，张木匠和小飞蛾商量艾艾的婚事。

三、不准登记

当天晚上，艾艾回房以后，明知道她的爹妈要谈自己的婚事，自然睡不着觉，趴在窗上听了一会儿，因为隔着半个院子两重窗，也听不出道理来，只听见了两句话。听见两句什么话呢？当她爹妈谈了一阵争执起来之后，她妈说："你说这么办了有什么坏处？"她爹说："坏处是没有，不过挡不住村里人说闲话！"以后的声音又都低下去，艾艾就听不见了。

这一晚艾艾自然没有睡好，第二天早晨起来，本来想先去找燕燕，可是乡村姑娘们，要是家里没有个嫂嫂的话，扫地，抹灰尘，生火做饭，洗锅碗这几件事就成了自己照例的公事，非办不行。她只担心燕燕往区上走了，好容易等到吃过饭，把碗筷收拾起来泡到锅里，偷偷地用锅盖盖起来就跑到燕燕家里去。

她本来想请燕燕替她问一问她妈和她爹商量的结果如何，可是一到了燕燕家，就碰上了别的情况，这番话就不得不搁一搁。这时候，燕燕在床上躺着，她妈坐在那里央告她起来，五婶站在地上等候着。艾艾问："燕燕姐怎么样了？"燕燕她妈说："燕燕只怕怄不死我哩！"燕燕躺着说："都由了你了，还要说我是跟你怄气！"她妈说："不是怄气怎么不起来啊？好孩子！不要怄了，快起！来让你五奶奶给你说说到区上的规矩！再到村公所要上一封介绍信，快走吧！天不早了！"燕燕说："我死也不去村公所！我还怕民事主任再要我检讨哩！"她妈说："小奶奶！你不去村公所我替你去！可是你也得起来叫你五奶奶给你说说规矩呀？"燕燕赌着气坐起来说："分明是按老封建规矩办事，偏要叫人假眉三道去出洋相！什么好规矩？说吧！"五婶见她的气色不好，就先劝她说："孩子！再不要别别扭扭的！要喜欢一点儿！这是恭喜事！"燕燕说："快说你们那假眉三道的规矩吧！什么恭喜事？你们喜的吧，我也喜的？"五婶说："算了算了！气话不要说了！到了区上，我把介绍信递给王助理员。王助理员看了信，问你多大了，你就说多大了；问你是'自愿'吗？你就说'自愿'……"

燕燕说："这哪里能算自愿？"五婶说："傻孩子！你那么说就对了！问过自愿以后，他要不再问什么就算了；他要再问你为什么愿意，你就说'因为他能劳动'。"燕燕说："屁！我连人家个鬼影儿也没有见过，怎么知道人家劳动不劳动？"她妈说："我这闺女的主意可真哩！怄不死我总不能算拉倒！"燕燕说："妈！这怎么能算是我怄你？我真正是不知道呀！你也不要生气了！要我说什么我给你说什么好了！反正就是个我来！五奶奶！还有什么鬼路道，一股气说完了算！我都照着你的来！"五婶说："也再没有什么了！"

这时候，小晚来找艾艾，见燕燕母女俩闹得不可开交，也就站住来看结果。结果是燕燕答应到了区上照五婶的话说，她妈跟五婶替她到村公所去要介绍信。

等燕燕她妈跟五婶出去之后，艾艾跟燕燕说："燕燕姊！你今天不高兴，我也不知道该怎样劝劝你……"燕燕说："我这辈子算现成了，还有什么高兴不高兴？我还没有问你，你爹同意不同意？"艾艾说："我也不好问！你今天遇了事了，改日再说吧！"燕燕说："不！我偏要马上管！要管管到底，不要叫都弄成我这样！能办成一件也叫我妈长长见识！你就在我这里等一等，让我去问一问你妈，要是答应了，咱们相跟到区上去！"

燕燕走了，剩下了小晚和艾艾。艾艾说："听我爹那口气，好像也不反对，听说你家的大人们也愿意了，现在担心的只是民事主任的介绍信！"小晚说："我也是这么想：咱庄上凡是他插过腿的事，不依了他就都出不了他的手。别看他口口声声说你名声不好，只要嫁给他的外甥，管保就没事了！"艾艾说："对！事情是明明白白的！他不给咱们写，咱们该怎么办？"两个人都愣了，谁也想不出办法来。停了一会儿，燕燕回来了，说是张木匠也愿意了，可以一同到区上去登记。艾艾跟她说到村公所写介绍信不容易，她也觉着是一件难事，后来想了想说："你们去吧！趁着他给我写罢了你们就提出，他要是不愿意写的话，你们就问他'别人来了可以替人写，亲自来了为什么不行'？看他说什么！"小晚说："对！他要是再不给写，咱俩就不拿介绍信到区上去登记。区上问起介绍信，咱就说民事主任是封建脑筋，别人去了可以替人写，自己去了偏不给写！"艾艾说："那样你不把燕燕姐的事给说漏了吗？"燕燕说："说漏了自然更好了！你们给说漏了，我妈也怨不着我！"小晚说："人家要问介绍人哩？"燕燕说："就说是我！"小晚说："写信时候，介绍人也得去呀？"燕燕想了一想说："可以！我跟你们去！"艾艾说："你不是不愿意到村公所去吗？"燕燕说："我是不去要我的介绍信，给别人办事还可以。咱们到村公所门口等着，等我妈一出门咱们就进去！"艾艾说："民事主任要说你声名不正不能当介绍人呢？"燕燕说："这回我可有话说！"三个人商量好了，就往村公所去。他们正走到村公所门口，他妈跟五婶就出来了。五婶说："不用来了！信写好了！"燕燕说："我也得问问是怎么写的，不要叫去了说不对！"她妈听着只当是燕燕真愿意了，就笑着跟她说："你要早是这样，不省得妈来跑一趟？快问问回来吃些饭走吧！"说着就分头走开。

他们三个走进村公所，民事主任才写过信，墨盒还没有盖上。民事主任看见他们这几个人在一块就没有好气，撇开艾艾和小晚，专对燕燕说："回去吧！信已经交给你妈了！"燕燕说："我知道！这回是给他们两个人写！"主任瞟了小晚和艾艾一眼说："你两个？""我两个！""自己也都不检讨一下！"小晚说："检讨过了！我两个都愿意！"主任说："怕你们不愿意哩？"艾艾说："你说怕谁不愿意？我爹我妈也都愿意！"小晚说："我爹我妈也都愿意！"主任说："谁的介绍人？"燕燕说："我！""你怎么能当介绍人？""我怎么不能当介绍人？""趁你的好名声哩？""名声不好你为什么还给我写介绍信？"主任答不上来就发了脾气："去你们的！都不是正经东西！"艾艾看见仍不行了，就又顶了他一句："嫁给你的外甥就成了正经东西了。是不是？"

这一下更问得主任出不上气来。主任对艾艾，确实有两种正相反的估价：有一次，他看见艾艾跟小晚拉手，他自言自语说："坏透了！跟年轻时候的小飞蛾一个样！"还有一次，他在他姐姐家里给他的外甥提亲提到了艾艾名下，他姐姐说："不知道闺女怎么样？"他说："好闺女！跟年轻时候的小飞蛾一个样！"这两种评价，在他自己看起来并不矛盾：说"好"是指她长得好，说"坏"是指她的行为坏——他以为世界上的女人接近男人就是坏透了的行为。不过主任对于"身材"和"行为"还不是平均主义

田寡妇看瓜

看法：他以为"身材"是天生的，是什么就是什么；行为是可以随着丈夫的意思改变的，只要痛打一顿，说叫她变个什么样就能变成个什么样。在这一点儿上，他和东院五婶的意见根本相同，可是这道理他向艾艾说不得，要是说出来，艾艾准会对他说："这个民事主任用不着你来当，最好是让给东院五奶奶当吧！"

闲话少说，还是接着说吧：当艾艾问嫁给他的外甥算不算正经的时候，他半天接不上气来，就很蛮地把墨盒盖子一盖说："任你们有天大的本事，这个介绍信我不写！"艾艾说："不写我们也要去登记！区上问起来我就请他们给评一评这个理！"主任说："不服劲你就去试试！区上又不是不知道你们的好声名！"吵了半天，还是不给写，他们只得走出来。

燕燕回家去吃过饭，艾艾回家去洗过锅碗，五婶、燕燕、小晚和艾艾，四个人都往区上去。

三个青年人都觉着五婶讨厌，故意跑在前边不让五婶追上，累得五婶直喘气。走到区公所门口，门口站着五六个人，男女老少都有，只是一个也认不得。原来五婶约着人家西王庄那个孩子在区公所门口等，现在这五六个人，好像也都是等人，有两个大人似乎也是当介绍人的，其中有两个青年男子，一个有二十多岁，一个有十五六岁。燕燕他们三个人，都估量着那个十五六岁的就是给燕燕说的那一个，因为五婶说过"实岁数是十五"，可是谁也认不得，不愿意随便打招呼。停了一会儿，五婶赶到了。五婶在区门边一看说："怎么西王庄那个孩子还没有来？"她这么一说，他们三个才知道是估量错了，原来哪一个也不是。就在这时候，收发室里跑出一个小孩子来向五婶嚷着说："老大娘！我早就来了！"嗓子比燕燕的嗓子还尖。燕燕一看，比自己低一头，黑光光的小头发，红红的小脸蛋，两只小眼睛睁得像小猫，伸直了他的小胖手，手背上还有五个小窝窝。燕燕想："这孩子倒也很俏皮，不过我看他还该吃奶，为什么他就要结婚？"五婶说："咱们进去吧！"他们先到收发处挂了号，四个人相跟着进去了。

正月天，亲戚们彼此来往得多，说成了的亲事也特别多，王助理员的办公室挤满了领结婚证的人，累得王助理员满头汗。屋子小，他们进去站在门边，只能挨着次序往桌边挤。看见别人办的手续，跟五婶说的一样，很简单：助理员看了介绍信，"你叫什么名？""多大了？""自愿吗？""自愿！""为什么愿嫁他？"或者"为什么愿娶她？""因为他能劳动！"这一套，听起来好像背书，可是谁也只好那么背着，背了就发给一张红纸片叫男女双方和介绍人都盖指印。也有两件不准的，那就是有破绽：一件是假岁数报得太不相称，一件是从前有过纠纷。

田寡妇看瓜

　　快轮到他们了，燕燕把艾艾推到前边说："先办你的!"艾艾便挤到桌边。这时候弄出个笑话来：助理员伸着手要介绍信，西王庄那个孩子也已经挤到桌边，信就在手里预备着，一下子就递上去! 五婶看见着了急，拉了他一把说："错了错了!"那孩子说："不错，人家都是一人一封!"原来五婶在区门口没有把艾艾和燕燕向那孩子交代清楚，那孩子看见艾艾比燕燕小一点儿，以为一定是这个小的。王助理员接住他的信还没有赶上拆开，小晚就挤过去跟他说："说你错了你还不服哩!"回头指了指燕燕又向他说："你是跟那一个!"经他一说破，满屋子弄了个哄堂大笑! 王助理员又把信递给那个孩子说："你怎么连你的对象也认不得?"小晚说："我两个没有介绍信，能不能登记?"王助理员说："为什么没有介绍信?"艾艾说："民事主任不给写! 燕燕她妈替她去还给写，我们亲自去了不给写! 他要叫我嫁给他的外甥!""你们是哪个村?""张家庄!"问艾艾："你叫什么?""张艾艾!"王助理员注意了她一下说："你就是张艾艾呀?""是!"王助理员又看着小晚："那么你一定就是李小晚了?"小晚说："是!"王助理员说："谁的介绍人呢?"燕燕说："我!""你叫什么?""马燕燕!"王助理员说："你两个都来了? 你怎么能当介绍人?""我怎么不能当介绍人?""村里有报告，说你的声名不正!"三个人同问："有什么证据？"王助理员说："说你们早就有来往！"小晚说：
"早有个来往有什么不好？没来往不是会把对象认错了
吗？"这句话又说得大家笑起来。王助理员说："村里既
然有报告，等调查调查再说吧！"燕燕说："助理员！你
说叫他们两人结了婚有什么不好？为什么还要调查呢？他
们两个人都没有结过婚，和谁也没有麻烦！两个人又是真
正自愿，还要调查什么呢？"助理员说："反正还得调查
调查！这件事就这样了。"又指着西王庄那个孩子说："拿
你的信来吧！"小孩子递上了信，五婶一边把村公所给燕
燕的介绍信也递上去。

王助理员问西王庄那个孩子："你叫什么？""王
旦！""十几了？""十……二十了！"小王旦说了个"十"
就觉着五婶教他的话不一样，赶快改了口。王助理员说：
"怎么叫个'十二十'呢？"小王旦没话说，王助理员
又问："你们是自愿吗？""自愿。""为什么愿意跟她结
婚？""因为她能劳动！"王助理员又看了看燕燕的介绍
信说："马燕燕！你说他究竟多大了！"燕燕说："我不知
道！"五婶急得向燕燕说："你怎么说不知道？"燕燕回答
说："五奶奶！我真正不知道！你哪里跟我说过这个？"
五婶不知道燕燕是有意叫弄不成事，还暗暗地埋怨燕燕
说："这闺女心眼儿为什么这么死？就算我没有跟你说过，
可是人家说二十，你就不会跟着说二十吗？"在这时候，

小王旦偏要卖弄他的聪明。他说："人家是真正不知道！我住在西王庄，人家住在张家庄，我两个谁也没有见过谁，人家怎么知道我多大了呢？"王助理员说："我早就知道你没有见过她！要是见过，怎么还能认错了呢？你没有见过人家，怎么知道人家能劳动？小孩子家尽说瞎话！不准你们两个登记！一来男方的岁数不实在，说不上什么自愿不自愿；二来见了面连认也不认得，根本不能算自由婚姻！都回去吧！"五个人都出了区公所：小王旦回西王庄去了，五婶和他们三个年轻人仍回张家庄去。在路上，五婶怪燕燕说错了话，燕燕故意怪五婶教她说话的时候没有教全。艾艾跟小晚说王助理员的脑筋不清楚，燕燕说王助理员的脑筋还不错。

他们四个人相跟了一段，还跟来的时候一样，三个青年走在前边商量自己的事，五婶在后边赶也赶不上。他们谈到以后该怎么样办，燕燕仍然帮着艾艾和小晚想办法，他们两个也愿意帮着燕燕，叫她重跟小进好起来。用外交上的字眼说，也可以叫作"订下了互助条约"。

四、谁该检讨？

前边说过：张家庄的民事主任对妇女的看法是"身材第一，行为第二，行为是可以随着丈夫的意思改变的"。

其实这种看法在张家庄是很普遍的一种看法，不只是民事主任一个人如此——要是他一个人，也不会给这两个大闺女造成坏的"声名"。张家庄只剩这么两个大闺女，这两个人又都各自结交了个男人。谁也说她们"坏透了"，可是谁也只想给自己人介绍，介绍不成功就越说她们"坏"，因此她们两个的声名就"越来越坏"。

自从她们到区上走了一趟，事情公开了，老年人都认为"更坏得不能提了"，也就不提了；打算给自己人介绍的看见没有希望了，也就提得少了；青年人大部分从前只跟着大人瞎吵吵，心里边其实早就赞成，见大人不多提了也就不吵吵了；另有几个原来想和小晚竞争一下，后来见艾艾的心已经落到小晚身上，他们也就没劲了；再加上公开了之后，谁要当面说闲话，他们就要当面质问："我们结了婚有什么坏处？"这句话的力量很大，谁也回答不出道理来。有这么好多原因，说闲话的人一天比一天少起来。她两个的声名也一天比一天好起来。

在这两对婚姻问题上，成问题的只有三个人：一个是燕燕她妈，说死说活嫌败兴，死不赞成；一个是民事主任，死不给写介绍信；再一个就是区上的王助理员，光说空话不办事，艾艾跟小晚去问过几次，仍是那一句话："以后调查调查再说。"因为有这么三个人，就把四个人的事情给拖延下来。

田寡妇看瓜

　　他们四个都是不当家的孩子,家里的大人,燕燕她妈还反对,其余的纵不反对也不给他们撑腰,有心到县里去告状去,在家里先请不准假。在这个情况下,气得他们每天骂民事主任,骂王助理员。

　　一直骂了两个月,还是不长不短,仍然没有结果。种谷的时候,有一天晚上,小晚到合作社去,合作社掌柜笑着跟他说:"小晚!你们结婚的事情怎么样了?"小晚说:"人家区上还没有调查好哩!"掌柜说:"几时就调查好了?"小晚说:"还不得个十年二十年?"掌柜说:"你真会长期打算!现在不用等那么长时候了!婚姻法公布出来了!看了那上边的规定,你们两个完全合法!"小晚只当他是开玩笑,就说:"看你这个掌柜多么不老实?"掌柜正经跟他说:"真的!给你看看报!"说着递给他一张报。小晚先看见报上的大字觉着真有这回事,就拿到灯下各里各节往下念,掌柜说:"让我念给你听!"说着接过来一口气念下去。等掌柜念完,大家都说:"小晚这一下撞对了!明天再去登记去吧!完全合法!"

　　小晚有了这个底,从合作社出来就去找艾艾;因为他们和燕燕、小进有互助条约,艾艾又去找燕燕,小晚又去找小进。不大一会儿,四个人到了艾艾家开了个会,因为燕燕不愿意马上得罪她妈,决定第二天先让艾艾和小晚去登记。燕燕说:"只要你们能领回结婚证来,我妈那里的话就好说一点儿。虽然你们说我妈不同意也可以，依我看能说通还是说通了好！"大家也就同意了她的话。

这天晚上散会之后，小晚和艾艾各自准备了半夜，计划着第二天到区上，王助理员要仍然不准，他们用什么话跟他说。不料第二天到了区上，王助理员什么也没有再问就给填上了结婚证。

隔了一天，区公所通知村公所，说小晚和艾艾的婚姻是模范婚姻，要村里把结婚的日期报一下，到那时候区里的干部还要来参加他们的结婚典礼。

因为区里说是模范婚姻，村里人除了太顽固的，差不多也都另换了一种看法；青年人本来就赞成，有好多自动来给他们帮忙筹备，不几天就准备停当了。

结婚这一天，区上来了两个干部——一个区分委书记，一个王助理——民事主任本来不想到场，区上说别的干部可以不参加，他非参加不可，他没法，也只得来。

因为区上说是模范婚姻，村上的群众自然也来得特别多，把小晚家一个院子全都挤满。

会开了，新人就了位，不知道哪个孩子从外边学来的新调皮，要新媳妇报告恋爱经过，还要叫从罗汉钱说起。艾艾说："那算什么稀奇？我送了他个戒指，他送了我个罗汉钱。一句话不就说完了吗？"

有个青年小伙子说："她这么说行不行？"大家说："不

行！""不行怎么办？""叫她再说！"艾艾说："你们这么说我可不赞成！这又不是斗争会！"有的说："我们好意来给你帮个忙，凑个热闹，你怎么撅起我们来了？"艾艾说："大家帮我的忙我很欢迎，不过可不愿意挨斗争！罗汉钱的事实在没有多少话说的，大家要我说，我可以说一些别的事！"大家说："可以！""说什么都好！"艾艾说："大家不是都知道我的声名不正吗？你们知道这怨谁？"有的说："你说怨谁？"艾艾说："怨谁？谁不叫我们两个人结婚就怨谁！你们大家想想：要是早一年结了婚，不是早就正了吗？大家讲起官话来，都会说'男女婚姻要自主'，你们说：咱们村里谁自主过？说老实话，有没有一个不是父母主婚？"大家心里都觉着对，只是对着区干部不好意思那么说。艾艾又接着说："要说有的话，女的就只有我和燕燕两个，可是民事主任常常要叫我们检讨！我们检讨过了，要说有错的话，就是说我们不该自主！说到这里了我也坦白坦白：为了这事，我整整骂了民事主任两个月了，现在让我来赔个情！"大家问："都骂了些什么话？"艾艾说："现在我们两人的事情已经成功了，前边的事就都不提它了……"大家一定要艾艾说，艾艾总不肯说，小晚站起来笑着说："我说了吧！我也骂过！主任可不要恼，我不过是当成故事来说的。我说：……我也愿意，她也愿意，就是你这个当主任的不愿意！我两个结了婚，能把你的什么事坏了？老顽固！死脑筋！外甥路线！
嫁给你的外甥，管保就不用检讨了！"大家都看着民事主
任笑，民事主任没有说话。区分委书记说："你也给王助
理员提点意见！"小晚说："王助理员倒是个好人，可惜
认不得真假！光听人家说个'自愿'，也不看说得有劲没
劲，连我都能看出是假的来，他给人家发了结婚证！问
人家自愿的理由，更问得没道理：只要人家真是自愿，哪
管得着人家什么理由？他既然要这样问，人家就跟背书一
样给他背一句'因为他能劳动'。哪个庄稼人不能劳动？
这也算个理由吗？轮上我们这真正自愿的了，他说村里有
报告，说我们两个人早就有来往，还得调查调查。村里报
告我们早就有来往，还不能证明我们是自愿吗？那还要调
查什么？难道过去连一点儿来往也没有才叫自愿吗？"小
晚说到这里，又哧哧哧笑着说："我再说句老实话，我们
也骂过王助理员。我们说：'助理员，傻不傻？不要真，
光要假！多少假的都准了，一对真的要调查！'王助理员
你可不要恼我们！从你给我们发了结婚证那一天，我们就
再也没有骂过你一句！"

区分委书记说："你骂得对！我保证谁也不恼你们！
群众说你们声名不正，那是他们头脑里还有些封建思想，
以后要大家慢慢去掉。村民事主任因为想给他外甥介绍，
就不给你们写介绍信，那是他干涉婚姻。中央人民政府公

布了婚姻法以后，谁再有这种行为，是要送到法院判罪的。王助理员迟迟不发结婚证，那叫官僚主义不肯用脑子！他自己这几天正在区上检讨。中央人民政府的婚姻法公布以后，我们共产党全党保证执行，我们分委会也正在讨论这事，今天就是为了搜集你们的意见来的！"区分委书记说着向全场看了一看说："党员同志们，你们说说人家骂得对不对呀？检查一下咱们区上村上这几年处理错了多少婚姻问题？想想有多少人天天骂咱们？再要不纠正，受了党内处分不算，群众也要把咱们骂死了！"

散会以后，大家都说这种婚姻结得很好，都说："两个人以后一定很和气，总不会像小飞蛾那时候叫张木匠打得个半死！"连一向说人家声名不正的老头子老太太，也有说好的了。

这天晚上，燕燕她妈的思想就打通了，亲自跟燕燕说叫她第二天跟小进到区上去登记。

一九五〇年六月五日